U0840197

天使的眼泪

幸福时光机

布乐妮 著

译林出版社

图书在版编目（CIP）数据

天使的眼泪．幸福时光机 / 布乐妮著．—南京：译林出版社，2016.6

ISBN 978-7-5447-6359-2

Ⅰ．①天… Ⅱ．①布… Ⅲ．①短篇小说－小说集－中国－当代 Ⅳ．①I247.7

中国版本图书馆CIP数据核字（2016）第092642号

书　　名 天使的眼泪　幸福时光机
作　　者 布乐妮
责任编辑 陆元昶
特约编辑 苑浩泰
出版发行 凤凰出版传媒股份有限公司
　　　　　译林出版社
出版社地址 南京市湖南路1号A楼，邮编：210009
电子信箱 yilin@yilin.com
出版社网址 http://www.yilin.com
印　　刷 三河市延风印装有限公司
开　　本 640×960毫米　1/16
印　　张 12
字　　数 113千字
版　　次 2016年6月第1版　2016年6月第1次印刷
书　　号 ISBN 978-7-5447-6359-2
定　　价 28.00元

目录

来不及说的爱

我永远难忘那天清晨，爸爸骑着摩托车载着我到处筹钱的景象。

“爸爸，你的背是我最温暖的天堂。靠着你，我不再害怕、不再悲伤。希望你在另一个世界能过得幸福快乐，不用再为我们烦恼忙碌。下辈子，有缘我们再做父女。谢谢你，我爱你。”

在家中排行老二的我，和许多有同样处境的小孩一样，有着爹不疼、娘不爱的“老二情结”，总觉得夹在中间当夹心饼干的自己，永远得不到爸妈的关注。

自从懂事以来，我就有一种很强烈的感觉：妈妈宠爱最年幼的妹妹，而爸爸则是偏爱聪明又会读书的大姐。至于排行老二、功课不佳、嘴巴又不甜的我，不管提出什么样的要求，得到的回应总是父母的漠然与冷淡。

久而久之，我变得不爱在家中开口提意见，害怕那种欢愉中突然被泼冷水的反应扫了大家的兴致，也不想让残酷的画面刺伤自己的心。

所以，我在很小的时候便在心里下了结论：我一定是爸妈捡回来的小孩，所以很难和姐姐、妹妹共享父母的爱。

一直到升上初中发生的一件事后，才让我根深蒂固的观念彻底改变，不过，也因此在我心中留下了深深的遗憾。

来不及说的爱，让我直到现在午夜梦回时总想起爸爸的身影，枕头上的泪痕仍然清晰可见我对爸爸的思念。

还记得那年毕业旅行的前夕，身为班上文艺委员的我，书包暗袋里装满了同学们缴纳的毕业旅行费。

那阵子，大家总是兴高采烈地讨论着毕业旅行的时候要去夜游、要去逛街、要如何整同学等等各式各样精彩的计划，为同窗三年共度的岁月留下难忘的纪念，也约好彼此要一起创造人生。每每讨论到兴高采烈之处，此起彼落的笑声总是会从同学们的座位传出。

然而，那种开心的画面却和我淡淡的忧愁形成强烈对比。在我若无其事的笑容背后，实则暗藏着心事。

除了我是班上倒数第二个还没交出毕业旅行费的人之外，更令人难过的是，喜欢上赌钱的妈妈正觊觎着我的毕业旅行费，试图说服我“借”她周转几天，等她赢钱之后绝对会加倍奉还，到那时我的毕业旅行费也会有着落。

我当然不会相信妈妈的话把钱交出，因为从小到大，这是她一贯的说辞。

我很早就从外婆、亲戚口中得知妈妈的坏习惯。况且，原本不错的家境，也是因为爸爸和妈妈挥霍无度、不懂节制而家道中落。因此，无论如何我也不会把同学的钱“借”给妈妈去赌一把。

然而，或许是拗不过妈妈的苦苦哀求，或许是潜意识里，我也想用“听话”来换取妈妈的疼爱，在毕业旅行出发的前一周，我终究瞒着同学、老师，把钱先交给了妈妈，并且期待如她所说，后天就能一毛不差地把钱还给我。然而从这场交易开始，不只妈妈上了赌桌，我发现自己俨然也成了赌局中的一员。

就这样提心吊胆地过了两天，放学后我直奔回家等妈妈下班，想从她手中得到意外惊喜的“礼物”。

然而，一直等到深夜都不见她的踪影。

随着肾上腺素不停上升，我的心情也愈来愈焦躁不安，因为这笔钱必须在明天早上上学时跟老师一起交给旅行社，否则同学们的毕业旅行就泡汤了！

我该如何向同学、老师交代？同学们期盼许久的毕业旅行怎么能够被我毁了呢？

正当我惊吓得六神无主时，楼下大门的声音响起，我想应该是妈妈回来了。

我三步并作两步奔下楼，期望最后一丝奇迹出现，只是从妈妈闪躲的眼神中，我嗅出事情不妙，心顿时凉了一半。

“妈妈，我的钱呢？你答应今天要还给我的！”我抓着妈妈的手苦苦哀求着。

“什么钱啊！没有了啦！通通没有了啦！不要吵我，我等会还要去上班！”妈妈几近怒吼地咆哮着，头也不回地往楼上走去，留下瘫坐在地上的我。

此时，在睡梦中被争吵声吵醒的爸爸下楼来，问着不停哭泣颤抖的我到底发生了什么事。

我把来龙去脉告诉了爸爸，他感到心疼与惊讶。

沉默了几分钟后，他随手抓了件外套穿上，拉着我说：“走，爸爸帮你想办法！”

我永远记得那天的清晨，爸爸带着我到处筹钱的景象。

当时，天还未亮，大概是清晨五点钟，距离上学还有两个多钟头。一路上，爸爸不停地安慰我，叫我放宽心，他一定会想办法让我准时去上学，把那笔钱交给旅行社，叫我不要再难过了。

坐在摩托车后座的我，眼泪止不住地流，把爸爸的外套都弄湿了。靠着他瘦弱还依稀颤抖的背，我感觉到爸爸好像也在偷偷流眼泪。

清晨的风其实有点凉，但是坐在后座依靠在爸爸身上，却让我感到温暖无比，也暂时忘却了害怕与不安。

那一刻我完全相信爸爸，相信他会保护我，帮我解决困难，不让我受到任何伤害。

我也感受到原来爸爸并没有不爱我，我是他的孩子，而不是垃圾场捡来的没有血缘关系的。想到这里，我一度还破涕而笑，或许是为了知道自己的身世而感到开心，完全忘了一会儿可能在学校面临的难堪。

就这样，爸爸骑着摩托车载着我在市区里到处绕，敲了几家朋友的门，不待睡眼惺忪的朋友开口问怎么回事，总是抢着说：“先不要问这么多，我有急用，想跟你先周转一下，过几天我工作的钱汇进来后就会还你。”

抬头看着他向朋友恳求的神情，站在后方的我真的觉得好心疼，心好酸。

跑了四五个朋友家后，终于在黄叔叔的帮忙下顺利借到了钱。爸爸塞在我手上的钱比我说的数字还要再多一些，我惊讶地问道：“为什么这么多？我不用这么多！爸，你搞错了！”

爸爸摇摇头，推回我握紧钱的手，缓缓笑着说：“我没搞错，多的钱你就带在身边，路上买东西吃，也可以顺便买点小礼物送给自己、送给姐姐妹妹。还有……想吃什么就买，不要替爸爸省钱。你不用担心，那笔钱爸爸自有打算。”

我说不出话来，只能抱着爸爸泣不成声。爸爸也紧紧地抱着我，好像有几滴泪水滴在了我的头发上。

爸爸就像超人一样拯救了我，把我准时送到学校，度过了危机。我在校门内对他挥挥手后，便快速跑向教室，忘了对他说一声谢谢。

从那一天起，我再也不怀疑父母对我的爱了。

即使他们爱我的方式不见得是我期待中的样子，但是，在子女受伤时无怨无悔挺身而出的天性，就是他们爱子女的最好证明。

在那之后，我开始会向爸爸撒娇，在家里再也不当阴沉不开口的小孩。因为很多话即使没有说出口，我仍然知道他们是爱我的。

然而，就在我满心以为终于能卸下包袱，享受家庭和乐的温暖时，爸爸瘦弱的身体却开始病痛不断，甚至有好几次痛到半夜去挂急诊。

但是，他怕我们担心，总是笑着说没事，说他有按时吃药控制，不会这么不负责任就离开，他还想健康地活到我们这些小孩成家立业呢！

言犹在耳，爸爸却突然因急性盲肠炎被送到医院开刀，原本因为糖尿病不易愈合的伤口竟又感染了……细菌开始恶化，甚至到最后引发肺部积水，从普通病房转到加护病房救治。

从病发到病危，快得让人措手不及。戴上氧气罩陷入昏迷的爸爸根本无法开口说话，我们只有一天两次的会面时间，在他耳边跟他说话。

“爸，起来啦！你不是说要带我们出去玩吗？快点，我们等不及要出发了！”

“爸，不要贪睡了，快点起来看看我们嘛！”

“爸，你这样一直贪睡，要怎么帮我们挑好人家嫁呢？”

以前爸爸生气的时候，我们只要撒撒娇、逗逗他，他总是会心软地笑着原谅我们。但是爸爸这次真的很小气，他不理我们了，始终紧闭着眼睛，不肯温柔地看我们一眼。

或许，一直以来总是为我们忙碌的爸爸真的累了，这次他想要好好睡一觉，不希望再被我们吵醒。

一个星期后，最爱我们的爸爸还是离开了。

我来不及跟他说再见，也无法告诉他我有多爱他，尤其我还欠他一句始终没有说出口的话：“谢谢。”

我永远难忘那天清晨，爸爸骑着摩托车载着我到处筹钱的景象。

“爸爸，你的背是我最温暖的天堂。靠着你，我不再害怕、不再悲伤。希望你在另一个世界能过得幸福快乐，不用再为我们烦恼忙碌。下辈子，有缘我们再做父女。谢谢你，我爱你。”

爸爸的存款簿

我终于脱离贫穷了，但就在这个时候，爸爸也离开了我，他直到心肌梗塞死去之前都还在工作。他的走对我来说是很沉闷痛苦的，因为我从来不知道他对我好不好，他究竟在想什么。

直到处理好爸爸的后事，有一天，妈妈拿着一个存款簿给我，上面写着我的名字。打开一看，发现竟然是从我小学一年级开始就陆续存进去的钱！

我来自一个十分保守的家庭，父母都是脚踏实地的老实人，总是怕对人不周到，或者得罪别人、伤害别人。他们对我和妹妹的管教都很严格，记得小时候只要老师打电话到家里告状，或者在联络簿写上要我好好和同学相处、上课不要打瞌睡等事情，爸妈就会在还没有弄清楚事实真相之前先责备我们。

记得有一次同学带着他的妈妈来到我家里，说我骂了他脏话，结果爸爸也不听我的解释，就当着同学妈妈的面，先叫我跪下，再痛打了我一顿。当时我看着同学和他妈妈得意的表情，气得很想冲过去揍他们。

为什么我会骂他脏话？还不是因为他先开口说我爸妈都是工人，很穷、很没水平。

我躲进房间不肯出来吃饭，以示抗议。爸爸竟然还在门外大叫："不吃就不要吃啊！这种坏小孩饿死算了。"

那一次深深地刺伤了我的心，觉得爸爸一点都不爱我，而且很胆小，都不会支持我。我很羡慕别的同学，他们的爸爸一天到晚去给老师送礼，希望老师多照顾一下自己的小孩。可我爸爸不是，他从来不认识我的任何一位老师。他说读书就是读书，读书一定要靠自己，老师再怎么关照也照顾不到你的前途。

有一次他去学校给我送文具时，遇到了我们班主任，他紧张得不得了，频频对老师说："我家小孩很顽皮，如果不乖，请老师尽量打，打完再跟我说，我回家再打。"

我在一旁听得快气死了。第一，我没有很顽皮，一直都很乖，他冤枉了我；第二，那时候教育部已经规定不准体罚了，他很落伍，一天到晚都想打小孩，让我觉得很没面子。别人家的爸妈都跟老师说要爱的教育，不能打也不能骂，都要好好讲，不然小孩子的内心会有阴影。没办法，人家的爸妈不是硕士就是博士毕业，都很会教小孩，哪像他只是一个工人，除了打骂还懂什么呢！

以上这一切也就算了，我最不满的是，从小无论我想要什么玩具或文具，几乎都是不可能的，一定都是用表哥、表姐们的二手货。虽然我们家不是很有钱，但是一个铅笔盒或一个书包才多少钱？都买不起吗？从小学一年级到四年级，整整四年我都没有买过任何文具，会不会太夸张了？爸爸这样做真的很没有道理，一直不断要我好好念书，另一方面又不给我资源，究竟是什么意思嘛！

小学五年级开学前，我又吵着想要一个新书包，因为我的书包从小学一年级自表哥手上接过来之后，就没有换过，每一次开学都引来同学的嘲笑。（忘了说，我读的那个班级是非常优秀的，同学们成绩都很好，而且都来自小康家庭，全班最穷的人就是我。）

爸爸当然又是用“家里没有钱”这句话来搪塞我，我愤愤不平地说：“你明明有钱，存款簿里有十万元却舍不得花五百元给我买个新书包，你根本不爱我！”

爸爸听了又震惊又气愤，把我痛打了一顿，只因为我偷开他锁上的抽屉，看了他的存款簿。

“你这样和小偷有什么两样？不如打死你算了！”他一边打一边骂。

我那一次也很气，顶嘴说：“反正你舍不得花钱养我，打死算了！”

他听了更气，打到眼睛都冒出血丝来了。那一刻，我也不在乎身上落下来的痛，因为我已经受不了在班上永远都因为贫穷而受到同学的嘲笑！我决定把自己所受到的委屈，以及和爸妈之间的恩怨做一个了结。

“你没钱生什么小孩？”我越说越大声。

就在这个时候，妈妈刚好从外面买菜回来，看见我被爸爸拳打脚踢得鼻青脸肿，赶紧冲上来抱住我，回头斥喝道：“你发疯了吗？他是你儿子啊！”

“他不是我的儿子！他不想当我的儿子，我也不想有这种儿子！”他一边说着，一边跑过来将我从妈妈身边拉开，把我推到门外，大叫道：“滚出去！”

当时我应该是把累积的所有压力都爆发出来了，很快就挣脱爸爸揪着我领子的手，拼了命往外冲。

妈妈第一时间冲出来追我，但立刻被爸爸大声制止：“不要追他，他很有办法，比他老爸还有办法！你担心他做什么？我一点都不在乎有没有这个小孩。”

听到这样的话，我的心揪痛了一下，心想：“我早就知道你不在乎我了，你只在乎你的钱！”

那个时候我心里想着不要再回家了，我要去工作赚钱，赚比爸爸更多的钱，想买什么就买什么，再也不需要看爸爸的脸色。

后来我跑累了，就在车水马龙的路边坐下来，看见对街有个小公园，决定到小公园里去。

那时是傍晚时分，公园里聚集了一些高中生在跳舞，还有一些老人在做体操，偶尔有一些人经过我身边，让我心里有点害怕，但我还是故作镇定。后来我终于找到一个长条板凳坐下来，两眼无神地看着有点红红的天空。

这个时候，我听到有人喊我的名字：“王佑豪！”

我循着这个有点熟悉的声音回头一看，发现是我的同班同学张凯铭。他穿着非常漂亮的衬衫，打着一个红色蝴蝶结，就像电视里的小童星一样。看到他，我的心就更沉了，听说他的爸爸是某地十大富豪之一，上下学都是司机和保姆一起接送，他的书包是名牌货，手上戴的表听说贵到可以把我家买下来……我看着他，脑海快速闪过这些事情。

在班上我们没有特殊交情，所以关于他的事情我也都是听来的。

“你怎么会在这里？”他兴奋地问我。

“我……出来走走。明天就要开学了，很烦。”

“你也会烦哦？”他惊讶得睁大双眼看着我，跳上长板凳在我的身边蹲下来。我一点都不意外他有这种举动，因为在学校他也是这样，他不能把衣服弄脏，否则回家就会挨骂。

“这是什么话？要开学了谁不烦？”我说。

“你成绩那么好还怕开学哦？不像我成绩这么差。”

“你不是每一科都有补习？”我问他。张凯铭在我们班上成绩是倒数的，有时候同学都在他的背后笑他是败家子，他的爸爸每天出现在电视上那么厉害又那么聪明的样子，为什么他就那么笨？

“我就是很笨嘛！”他自嘲着，“哪像你都没有补习，还常常是班上第一名。”

“干吗这样说！”我听了心里有点虚荣，但还是礼貌地回应。

这个时候我们沉默了几秒钟，望向同一个地方，好像各自拥有着不一样的烦恼，有种同是天涯沦落人的感觉。

但我不知道张凯铭有什么和我一样的，他的爸爸是大富豪啊！

突然间，张凯铭回头问我说：“你要回家吃饭吗？”

“嗯……啊……”我支支吾吾差点回答不出来，撒了一个小谎说，“我爸妈今天晚上带我妹妹去吃喜酒，所以叫我自己在外面吃。”

“那你来我家陪我吃饭好不好？顺便帮我检查一下暑假作业有没有写错。”张凯铭提议。

“不好吧。”我当下拒绝，“这样突然跑去你家，怎么好意思？”

“我家又没人，有什么不好意思的？”他说，“我爸妈他们带我姐姐出国，要一个月后才会回来。”

“太夸张了吧！你才小学五年级，他们就放你一个人在家一整个月哦！”

“我还有保姆和司机，不是一个人啦！而且每天有不同的家教老师来陪我。”

可是我听起来还是很像一个人的感觉。

“要不要吗？”张凯铭偷偷对我说，“我的数学家教很笨，有几个数学题都解不出来，好好笑哦！听说他是X大毕业的，而且一个小时收超多钱的。”

“那你为什么没跟你爸妈说，叫他们换一个数学老师？”

“我说了啊，但是他们不相信我，说我的成绩那么烂，怎么可能连X大的老师都教不了我？而且他还是名师啊！”

当他说到这的时候，我觉得我已经有点不羡慕他了。想起我也有几次考试考得不好，可是爸爸总说没有关系，他相信我会想办法把书念好的。

记得有一次偷听到爸妈的对话，那个时候好像是有位亲戚的女儿要结婚，婚礼办在夏威夷，要招待所有亲友去夏威夷参加喜宴。

这是一个很难得的出国玩的机会，因为不用花钱还能吃好的、住好的。

结果我听到妈妈说:“不去不好吧？二阿姨一直很照顾我们。”

“可是要去一个星期啊，阿豪和他妹妹怎么办？”

“二阿姨说他们可以先去她家一个星期，他们家有用人和保姆，应该没问题。”

“唉，会不习惯啦，这么小的孩子怎么可以丢在家一个星期！”

“我是想说你也没出国去玩过……”

“我不在乎有没有出国玩过，那又没什么。不然你去就好了，我在家陪阿豪和他妹妹。”

“这样好吗？我也不放心你们，你们这么挑食，一定要吃我煮的。”

“还是我们明天亲自上门去跟二阿姨说，请她见谅。”

想到这里，我的鼻子有点酸了。直到张凯铭喊我时我才回过神。好吧，我就算帮一下张凯铭好了。

于是我和张凯铭搭上了他们家的车子，本来以为要去他家吃饭，没想到是去五星级大饭店的包厢。

“不好意思，我们家厨师最近忙着嫁女儿，请了两天假，只好带你来这里吃。”

“没……没关系。”

结果那一餐吃得很不习惯，因为我只认识吴郭鱼，可是端上来的都是我不认识的鱼料理，而且所有菜都是我没有吃过的。妈妈做的菜一向都差不多，她的原则是：如果空心菜那阵子最便宜，那我们就有可能连续吃两个月的空心菜，直到高丽菜变得最便宜，就换吃高丽菜。

我说我胃口不好，直接在餐桌上帮张凯铭看他的暑假作业。我开始有点想回家了。

“咦，你不是姓张？为什么这里的家长签名都是签王？”看着看着，我提出疑问。

“哦，我爸爸他们在我放暑假前就出国了啊，这是我爸的特别助理签的。”

我愣了一下，假装没事继续帮他看数学题。突然想到我爸爸每天晚上都会很慎重地拿出刻着他名字的印章，坐在客厅里很仔细地看着我的家庭联络簿，一遍又一遍，确认好老师交代的每一件事情，然后盖下他的章，并签下他的名字。那个样子好像是我在电视上看到董事长在签约或开支票时那样慎重。

帮张凯铭看完了暑假作业之后，我决定要回家了，而且这个念头很强烈，就算知道回去会被爸爸打个半死，我也要回家去。

张凯铭看着被订正后的暑假作业，开心得不得了。“啊！原来这么简单，你好强哦！”

我不好意思地摸摸脑袋，说：“没有啦，多练习就好了。”

“你一定花很多时间在念书吧？”

“还……还好。”其实是因为我们家没有电视机，以前是有的，等到我上小学之后就卖掉了。

“张凯铭，谢谢你招待的晚餐，我想回家了。”

“不要这样说，我才要谢谢你帮我看暑假作业呢！”

就这样，那一天我和张凯铭从不熟的同学变成了好朋友。

我沿着回家的路走着，天色已经很晚，心里还是有点忐忑，不知道回去会不会再被揍，可是慢慢回想着爸爸为我付出的点点滴滴，感受到他对我的爱，我还是必须咬着牙回去。

当我走到家门口，要按下门铃之前，压力真的好大。

结果是妈妈来开的门，她看见我，有点惊喜，但没说什么话就让我进去，好像这一切都没有发生过。

“妈……对不起。”我硬着头皮说。

“好啦！没事了。”

“爸爸呢？”

“睡了，他明天一早五点就要去工作。”

哦，没有人为我紧张，没有人把我的离家出走当一回事，让我觉得有点失落。

隔天早上，我看见了一个崭新的书包在我的床前，感觉很惊讶，但已经不觉得它能带给我多大的快乐了。

只希望我没有伤到爸爸的心。

之后我和爸爸还是保持着彼此心里有数的相处模式，没有因为我离家出走而改变什么。

除了那个书包之外，我仍然是全班看起来最寒酸的学生，从小学到中学、大学都是如此。

后来，等我开始工作之后，爸爸要求我每个月要拿一半的薪水给家用。当时我争执过也气愤过，因为我要交女朋友，总不能身上都没有钱吧，去了一大半薪水之后，我要拿什么和女朋友约会啊？

可是那时候爸爸的身体已经不大好了，因此我也只能继续认命当个穷小子，努力工作，希望有一天能脱离贫穷。

老天不会亏待努力的人。几年之后，我不但薪水增加，而且后来因为老板亏损退出，由我接下来收拾残局，不小心还当了老板，并且经营得有声有色。

我终于脱离贫穷了，但就在这个时候，爸爸也离开了我，他直到心肌梗塞死去之前都还在工作。他的离去对我来说是很沉闷痛苦的，因为我从来不知道他对我好不好，他究竟在想什么。

直到处理好爸爸的后事，有一天，妈妈拿着一个存款簿给我，上面写着我的名字。打开一看，发现竟然是从我小学一年级开始就陆续存进去的钱！

每个月爸爸发了薪水后就存三千元进去，从没间断，只有其中一个月存了两千元，就是我闹离家出走的那个月，我猜想，那一千元是拿来买我的新书包了吧。

就连后来我工作之后每个月给他的一半薪水，他一毛也没花都存在里面。

妈妈对我说，其实爸爸小时候家里环境很好，也很得宠，要什么就有什么。那时候爷爷忙着做生意，时常不在家，就尽可能满足爸爸所有物质上的需求。可是等到爸爸上高中之后，爷爷突然病倒了，家业也跟着没了，爸爸没有其他选择，只能辍学打零工养家。但他因为学历太低，而且从小娇生惯养、脾气很坏，常常得罪别人，因此工作都做不久，日子过得非常辛苦。最后爷爷走了，他连医药费都筹不出来。

有一段时间他几乎痛苦到要放弃自己，不断地反省为什么他会变得那么可怜。后来他就下定决心，以后一定要严格教育自己的孩子，让他能在社会上生存，而且为了他的未来着想，不能一直满足他物质的需求，要帮他把钱存下来。

妈妈对我说，我闹离家出走的那一天晚上，爸爸阻止她出来追我，只说了一句话："我相信他自己会回家，他是个会想的好孩子。"然后拿了钱上街帮我买了新书包，早早就回房休息了，一直等到我回家之后才放心地睡去。

听着妈妈的话，拿着那本存折，我的双手在颤抖。尽管我已经是个大老板，见过无数大风大浪，但还是难以承受这一刻带给我的冲击！我泪流不止，整晚无法入眠。

我多么庆幸那一天晚上没有真的离家出走，又回到了这个平凡却充满爱的家。

我爱你

她的世界只有他温柔的呵护，而他却同时拥有许多爱慕者的爱恋。她总是让自己像活在不见天日的暗夜里，不出门也不交朋友，没有伤害也没有愉快，只靠着他带给她的些许温暖，却无意再去介入他精彩的生活，只觉得自己已从昔日的恋人变成今日的包袱……

在一场大火扭曲了她的容颜之后，她只是离不开他，但是不知道还能够怎么爱他。

“我爱你。”他告诉她，而且不止一次，而她只是愣愣地听着。虽然她的脸是面对着他，可是目光的焦点却似乎总遗落在遥远的地方。

记不得他第一次对她说出这三个字是什么时候了，那时候他大概正处于莽撞冲动的青少年时期，正巧碰到了一个浪漫的情景，于是这三个字想也没想便冲口而出。而他也记不得她当时的反应，忘了她是不是紧张得差一点吞下口中的口香糖。

第二次他说爱她，态度是比较诚恳且认真的。那个时候，她才出院不久，话不多，也开朗不起来，只有在看见他时眼神中才会浮现一丝生气。温婉的她不曾因为病痛对任何人发怒，最多只是不说话，不说话的她看起来特别令人心疼。

他牵着她冰冷的手，很热切地向她告白，就像在结婚典礼上当着上帝的面宣誓那样认真，然后，紧紧地拥她入怀。

而她的反应和他一样激烈……她努力地挣脱他。

那一刹那，她的眼中始终满是歉意和依恋，而他也没有愤怒或悲伤，只是悄然地接受这一切，继续上前轻抚她的发，一言不发。他完全理解她的心情，因为这时候，他爱上的是一个自卑的女孩。

而他，是女孩们眼中的王子。

她的世界只有他温柔的呵护，而他却同时拥有许多爱慕者的爱恋。她总是让自己像活在不见天日的暗夜里，不出门也不交朋友，没有伤害也没有愉快，只靠着他带给她的些许温暖，却无意再去介入他精彩的生活，只觉得自己已从昔日的恋人变成今日的包袱……

在一场大火扭曲了她的容颜之后，她只是离不开他，但是不知道还能够怎么爱他。

第三次他说爱她，是在一个大雨滂沱的夜里。那晚，他和一个女孩子礼貌性地吻别，正巧被她撞见。那年轻女孩是一个很美丽的女子，有着长长的睫毛、大大的眼睛、瀑布似的披垂到腰际的黑头发……这些都是她所没有的。

那女孩意外地见到远在一百公尺之外伫立不动的她，又因为是夜里的缘故，吓得她脸色一阵青白，直到他告诉那女孩真相并且代为介绍之后，那女孩的惊吓才逐渐转为嫌恶和怜悯交加的表情。

那女孩是他的家教学生，一个十六岁的纯真少女。

很少出门的她，因为那一天特别癫狂的雨势坐立不安，心忧于他，来为他送伞……一切的幸或不幸总是发生在这样的巧合之中。女孩进屋之后，偌大的街边只剩下他和她。

他不知道该怎么对她解释才好，对于没有安全感的恋人而言，一点点的小事情都足以构成难以磨灭的伤害，所以他很后悔。她没有开口问他为什么，因为对他这样受欢迎的人而言，这样的举动实在算不了什么。她也没有生气，只是一如往常觉得很窘，然后若有所悟地低下头，转身离开，她甚至不认为自己有什么立场生气。

他喊她，她充耳不闻。

他追她，她就钻入一辆出租车里，扬长离去。

打开车窗，她全神贯注地聆听呼呼的风声撞击她仅剩的意识，却被司机恶狠狠地瞪了一眼。“雨水都滴进来了。”她只好赶忙关上车窗。

他骑着摩托车追了上来，急得话都不知从何说起，只是一味地喊道:“我爱你。”

我爱你。

她知道，因为他总是这样，仿佛“我爱你”便可以替代千百万个对不起，仿佛“我爱你”就可以弥补深深的伤口。于是她生活中的悲或喜,便全然被“伤害”和“我爱你”两者架空了。她也知道，这种游戏只会一再反复，不会停止，因为，他本来就是生活在这样的天堂里，怎么可能停止抓住唾手可得的快乐？

他不放弃地追着，情况危险，她于心不忍，便下了车，看着他脸不红、气不喘地说了十遍我爱你。

自此以后，他封闭了自己的生活好一段时间，辞去了所有社团的职务，所有系上与班上的活动，只是为了和她一起被冰封起来，一起过不见天日的生活。

她不忍心地劝他，说她相信他爱她，说她一定会陪他到他不爱她的那一天才走开。可是，他坚持着自己的决定，他不要她自卑，要她像以前一样，把他看成是同一个世界、同一个水平线的人。

她并没有因此改变什么，仍旧有礼貌地接受、回应。她想，总有一天他会遇到一个好女孩，然后就会放弃她。她令他痛心、令他不知所措，不知所措的他总是一次一次对她发怒。“你到底要我怎么样？”

要怎么样？她不知道，她只是不愿意成为他的负担，不想成为他的包袱。她又何尝不想像从前那样，理直气壮地拥抱他、亲吻他，再理直气壮地说爱他呢？

可是，她害怕，害怕加诸在她身上的眼光，会加之于他。人言可畏，人的眼神更可畏。

在他大学毕业前夕，他约了她出来。

他背对着她问道：“嫁给我好不好？”

他的语气出奇得平淡，似乎早已预知会被拒绝。

她果然一口拒绝，没有多想。她早有耳闻，何氏企业的老板愿意把女儿下嫁给他，并且为他开一家医院。这对许多医学系毕业的学生而言是求之不得的，也是最理所当然的路。而且，何丽惠的气质出众、温柔可人更是众所皆知。

这个时候，他缓缓地转过头面对她，她一看，连忙捂住差一点尖叫出声的嘴，两个铜铃似的眼珠子定着，动也不动。

那一道疤痕从他的眼角穿过右脸颊，直到下颚，刻得既深且长，她再也忍不住了，上前紧紧拥着他，哭得惊天动地。

“为什么？为什么要这样？你可以一走了之的，真的可以。你怎么做我都不怪你、不恨你，你为什么要做这种傻事？”

她心疼得无法言语，只是紧紧抱住他，生怕他下一秒钟就消失了。

“因为我爱你。”还是那一句话。

“如果你不肯嫁给我，就看着我的眼睛说你不爱我，那么，我会放手。”

“不，我爱你、我爱你、我爱你！”她眼泪直流地喊着，“我这辈子跟定你了，你是甩不掉我了。”

之后，男人和女人走进礼堂。从此以后，是句号、惊叹号还是问号，这世界上只有三个人知道。

在看完了那本陈旧泛黄的日记之后，我才发现，父亲一直不肯说出的那一道疤痕的秘密。

女人依然温柔婉约如新月，她为他生了三个小孩，把家里整理得一尘不染。

在这个家中没有镜子，他们以看见别人脸上幸福的表情见证着自己美丽的心。

两棵情树

明知道这是卑鄙的行为，关于一个女人的两段爱情，一个女人的红玫瑰与白玫瑰。不，是我生命里的两棵树和我三个人之间的互相依伴和牵引。

一

这是一个天气十分晴朗的午后，这一天下午，天空的云薄薄的，像弹松的棉花糖，一丝一丝悬荡在天空里。

天气暖暖的，一点也不燥热或湿热，就像每一个秋日午后一样，除了低吟的秋蝉声和叶子沙沙的摩擦声，再也听不见纷扰和混乱声。

特别是在公园的草地上，还能够享受着从泥土里传来的香气，这是幸福，没有任何借口的幸福。

我和小松肩并肩盘腿坐在草坪上，和每个星期三下午的时光一样，一样的社团聚会，一样我们都会提前半个小时到达，贪婪自私地先行享受这美好的午后时光。

小松递来一个核桃杂粮面包，是“上城”烘焙屋下午才出炉的。这是我最爱吃的食物，特别是在这样美好的午后，如果还有一个松软又暖呼呼的面包捧在手中，那真是完美无缺的境界了。

可是在一分钟之内，我没有理会他。

“你今天怪怪的。”他觉得自讨没趣，闷闷地对我说。我奇怪这个“小男生”怎么总是可以煞有介事地说中我的心事，敏感地掌握我的情绪反应。莫非是凭着他处女座特有的敏感雷达？我所有心思意念都逃不过他的法眼？

我当然是怪怪的，我自己都知道，因为在这样珍贵的时光里，我一向都是雀跃不已地对着他说话。我们的兴趣很投合，一样喜欢讨论文学和哲学，闹起来的时候也爱和彼此诡辩，直到最后两个人会笑倒在草地上，惊讶并嘲笑自己的成见和执念。

可是这一天，我的反应则有些烦躁，甚至没好气地回答他道：“从你认识我的那一天到今天为止，我哪一天不怪？”

“每一天都很奇怪，不正常的亢奋，随时都有新的想法和鬼点子。”他对我说，“所以你今天太安静，就显得奇怪了。”

“我难道不能有一两天比较像正常人一点吗？”真是的。

“你生气了哦？生我的气吗？”

他明知道不是却还故作无辜地问。

我只是心里觉得烦。

“才不是！”我开玩笑，以讽刺的语气回应道，“你不是一向都是一等一的乖宝宝？永远这么小心翼翼、循规蹈矩，不会犯错的，我干吗生你的气？”

那是真的，小松确实是领“乖宝宝奖”长大的优秀青年，在父母都是为人师表的环境下长大，让他生性单纯乖巧，做事情一板一眼。而过度认真则是我对他的看法，他的认真总叫我透不过气，好像连讲个笑话都必须思考再三，以免他以自己太过聪明以及敏感的心思过度解读。可以说小松是不灵活、不知变通，这是他的缺点也算是优点。不管是念书、搞社团甚至玩游戏，小松都非常认真、非常专注，就连在爱一个人的时候也是一样的。

秋天的风压低了枝丫，以玩闹般的速度在空气里穿来穿去，秋天来得太快，快得令我难以招架。

我憋着眼泪，把头别过去背对着他，望向空中深深呼吸。“少理我，我要回去了。”说着，便站起身。

他却拦着我，在众目之下的公园里，他的动作显得好唐突。

“如芬他们等一下就来了，你不跟我们开这学期的行事历会议吗？你有其他的事情要忙吗？你怎么突然……”

“我突然不想开会了，我想离开，你们的会议记录记得给我看一下，看我要怎么配合就好。我现在觉得头很痛，你不要理我。”

“为什么不要理你？我们是好朋友啊！喂，你别这样别别扭扭的嘛！有话说出来好不好？”

“我就是这样子难缠，我自己缠自己，没要你理我啊！”语气十分不耐烦。我对他总是容易感到不耐烦。

“可是我想理你啊！喂，小花，不要这样啦！”

当小松不小心将我的绰号喊出来，我就再也禁不住“扑哧”一声笑了出来，把眼泪都笑晕开在眼角了。

他见我破涕为笑，又哭又乐，既是得意又是欣喜，随即也跟着嘻嘻哈哈笑了起来。

“讨厌啦！不准喊。这个绰号好俗，不要老是在公众场合这样子喊来喊去的，好丢脸……”我激动地追打着他，弄得两人在大庭广众下引来诧异的目光。

他不以为意，觉得好玩，径自对着天空快快乐乐地喊“小花、小花”，像唱儿歌似的，让我觉得又好气又好笑。

“说了不可以喊啊！”两个人追打成一团，一时谁也看不出这对年轻人其实已经二十来岁了，还玩得跟孩子似的。

而我始终没有对小松说出口，关于我变得奇怪的理由。

因为，我遇见他了。

二

明知道这是卑鄙的行为，关于一个女人的两段爱情，一个女人的红玫瑰与白玫瑰，不，是我生命里的两棵树和我三个人之间的互相依伴和牵引。

已经过了很久，我仍然无法自拔地爱着樊天成，虽然我心里也明白小松对我的心意，但是我不想理也不想承认自己已然了解现况，就任由这两份微妙的情愫如乱草般丛生，直到它足以将我和小松淹没覆盖。

女人不能没有爱情，就像娇嫩的花不能曝晒在艳阳之下，任由它萎落。如果没有一棵繁盛的绿荫遮蔽，它便难以独自面对世界的哀伤。

我相信世上一半女人、一半男人的设计是有道理的，我宁愿女性主义者视我为敌，也要誓死拥戴爱情。

这是我并不想失去爱与被爱的自私理由。因为，只有爱人或者只有被爱，都不能让我快乐。遗憾的是，我的爱与被爱需要从两个不同的人身上去获得。

樊天成已经离开我很久了，算一算也有一年了吧！这一年来，我们既不见面，也不通信、不通电话。他在逃避……而我以为时间会淡化我对他的爱情。

所以，过去我曾经花了整整半年的时间去习惯没有他的日子，然后再花半年的时间学会不在繁闹的台北城里因为找寻他的踪影而迷路。那一段恍惚的日子，一直到我认识了小松还在进行着，只是没有人知道我依然在受伤、依然在疗伤。对我来说，生命中的一点一滴都不是轻易能被抹去的，而所有的反省和思念，则会在我成熟之前不断反刍。

这是动物自卫的本能，我的脆弱超乎了想象，然而我很容易在人前伪装成无所谓的样子。久而久之，我已经习惯把自己分成两个部分，一个是大大咧咧、无动于衷的我；一个是彻夜不眠、辗转反侧、痛苦不安的我。

我以为自己做到了，成了一个不到处哭诉的独立女子，不盘根错节地依附，不柔弱易折，坚强，不屈不挠。

直到最近，樊天成和萧敏华在校园里传出分手的消息，狠狠地敲打着我的心，结果硬是把心上的那层灰、那层霜给敲落了。我才发现，在这里头埋了一个爱情的种子，长久以来用我心上的血在灌溉，并继续萌发着。

话说回来，我今天看见樊天成了。很久不见，他看起来还是那么神采奕奕，在一群人的笑语声中与我错身而过。如果可能，我真想在那一秒钟死去，在那样浅浅的幸福中结束生命，甚至若能唤来他不经意的眼光，便已满足。然而我和他只是眼光毫无交集地错身而过，而他那无表情的表情，几乎要使我相信，我不曾认识过眼前这个人。

唾弃媚俗的我此刻是多么想媚俗地唤住他，对他说一些无关紧要的寒暄。我可以不要自尊，用任何媚俗的方式去争取他的爱情。

三

后来，接连好一段时间，我的住处总是接到无聊的捉弄电话，打电话来的人总是默不作声。有一次学姐忍无可忍，愤怒地骂了一回才稍微控制住这个劣行一阵子。但是没有完全奏效，不久之后，对方还是每天打来，继续不发出声音，继续与我们五个住户周旋着。

“到底是谁去招惹了无聊男子？梁屏雯，一定是你，你是我们学校的校花，我早就知道跟你住一定有麻烦。”

“才不是，你又没有证据，不要乱说。我男朋友是我们学校的校草，他父亲又是大官，富贵俱全，这全世界都知道，谁还敢动我的脑筋呢？”

“不然就是邱意芬，你一天到晚去酒吧，招蜂引蝶的指数简直破表。”

“冤枉啊！学姐，我对天发誓我没有留过家里的电话给那些神经病。”

“江世佳……”

“我今天正好迈入70公斤行列，别寻我开心。”

最后四个人都看着我。

“孔绣花，那你有什么好辩解的？”

“我，不可能啦。”我说，“你们也知道我的男性朋友只有戴玉松一个，而且我是全校出了名的怪人，谁会对我有兴趣？”

“也对，”学姐很肯定，“你确实很怪，有时候连我都不知道怎么跟你相处。那个戴玉松真是神奇了，每天都可以跟你讲两个小时的电话。他是你的男朋友吗？”

“不是。”

“那么他在追求你了？”

“好像也没有……我不知道。”

“怪人怪答案。”

小松跟我说过，现在世风日下，经济状况恶劣，吃饱没事情做的人多如牛毛，满脑子乱七八糟的想法让治安亮起了红灯。“你们这些女生可要当心一点，尤其是你，可不要轻易被骗、被拐了。”

“哈！我才是最不用担心的一个！你都不知道，住在我们这里的女生不是校花就是酒吧公主，我已经是色香味最不全的一个了。”我调皮地回答他。但是对于他的关心，却感到十分的窝心。

他抚掌哈哈大笑，连连称是。

“喂！我这么说你就赞同了哦？干吗一点面子都不给我啊？而且回答得这么干脆，好像你一直都是这么想的，只在等我亲口承认而已是吗？”我佯装怒道。

“还笑！不准笑啦！”

“你真是聪明慧黠，能用出‘色香味最不全’这种形容，形容得太好了！”他赞不绝口。

我真是一头雾水，当有个人赞美你用了最贴切的负面形容词形容自己时，这……到底算是褒还是贬呢？真是叫我认同他也不是，不认同也不是。

“你又借机欺负我了！”我不爽地哀号着，“人家被变态电话欺负也就算了，你还要欺负我！这是什么朋友？这是什么世界？”一副呼天抢地的样子。

“乖乖乖，疼疼疼，好不好？”他轻声细语安抚着我，像骗小孩子似的。他喜欢玩这种游戏，乐此不疲。

“不要啦，不要你疼！”我耍起脾气了。我也爱玩这种游戏，乐此不疲。

“不然换我给你疼。”他嘻嘻哈哈地说。

“不要，听起来怎么算都是我吃亏，我太伤心了，呜……呜……”

“不然你要怎么样嘛，给你打好不好？”

“不理你，我要挂电话了，再……见！”我唬着他。

“不要啦，人家要跟你说话。”他哀求着。

“再见！”谁都知道我疯起来是很不得了的，说做就做，因为这关乎面子问题。而且……为了证明我并没有被他温柔的话语给弄昏头，我当真把电话挂了，因为我知道不用一分钟，他就会再打过来。

我吃定了他，我们两个人不赌气也就罢，一赌气起来，我是非赢不可。

我好整以暇等在电话旁边，果然不出我所料，电话才放下三秒钟立刻又响了。

我又在和小松第一千次的赌气战役中赢得全面性的胜利。

“小松，你死定了！这次你要请我吃五个核桃杂粮面包，要‘上城’刚出炉半个小时的。这次算是便宜了你，下一次就没有那么简单了，你最好不要再惹我生气。”

对方听着我如连珠炮弹的声音，却没有搭上任何话，一派冷静，也很冷清。

“小松，干吗？你装死啊？五个核桃杂粮面包就难倒你了吗？”我恼怒他不搭话，让我一个人发飙多没意思。

“喂，你的能耐不仅于此吧？”

“……”我只听得到呼吸的声音。

“干吗打电话来又不说话？告诉你，可别对我耍神秘、耍酷啊，信不信我这次挂掉就不再接你的电话了？”

这个时候对方还是安安静静，好像我是在和另一个时空里的人对话那般，那样不着边际。

只听到越来越急促的呼吸声。

我这才意识到情况不太对，因为对方很有可能并不是小松，可能是这一阵子以来学姐一直接到的捉弄电话。

这一想，惊慌之下我决定用尽了吃奶的力气对着电话大骂：“你是乌龟蛋啊？没种开口是不是？混账东西！”心里又是愤怒又是恐惧，“鬼鬼祟祟的，你见不得人就不要打电话来！”

正要摔下电话，我已经听到声音了，我以为我听错了，又将电话拿近耳边听。

“谁是小松？”他问我。

哪怕是事隔一年，就算是事隔一百年、一千年，我也会记得——这是樊天成的声音。

一时间我的脑子像被抽空似的，突然答不出话来了。

这时候，电话进来，这次一定是小松了，那一声声“嘟嘟”的叫声像催命似的，要我在两者之间选择挂断一个。我，不知所措。

是他先开的口，在我还没有任何回声之前。“小松打来了，你接吧！我挂掉好了。”

“不要！”我想都没有想，下意识紧张地冲口而出。

我几乎是哀求着哭喊：“求求你，不……要……挂……”泪，决堤而出，我无助地跪在电话旁。

四

我和樊天成一同去了指南宫。在接到樊天成的电话之前，我听到传言说樊天成有一次和萧敏华在教室里吵到不可开交，连本来要来上课的老师最后也来劝架。这个消息立刻如火灾般传到校园的每一个角落。

萧敏华一定是找谁哭诉了，可是并没有找我，我们已经有一整年没有联络。她禁止樊天成和我联络，自己也不和我联络。甚至，我们之间好像是签订了什么协定一样，无论在任何地方遇见了，谁先看见了对方，都要调头先走。

萧敏华也说过，樊天成要看上谁，要跟谁在一起她都无所谓，可是要是让她知道樊天成和我有任何一点纠缠，就要三个人玉石俱焚，因为她不能接受情人和好朋友在一起的事实。

我也不能接受自己和好朋友的男朋友在一起的事实。樊天成则不能接受爱上女朋友的好朋友的事实。因为我们都一起拒绝面对这种事实，都不愿意挺身而出，于是三个人都在隐隐发酵的情愫里纠缠难解。

樊天成和萧敏华时常为了我的影子吵架。为了避免卷入太多的是非，我能闪就闪，并且抓了小松当挡箭牌。在学校里，我经常和小松出双入对，有意无意让别人和我们自己都误会，弄假当真。

和樊天成仿佛分开了许久，但是，又似乎没有一年那么久，好像只分开了一天，感觉和体温还在，然后他就回来了，我们仍然非常亲近。

我拉着樊天成到佛前祈祷，对着袅袅升起的香火。环山的环境使得这里看起来与世隔绝。与世隔绝，所以不必随波逐流，在这里，允许有新的规则。

樊天成虽然对我的祈祷内容不明，也索性跟着双手合十，垂头合眼。我知道他只是做个样子，因为他一向不信神，只信自己。

默祷结束了，他才忽然想起我是基督徒，不解地问起。

我遥望着远方萧瑟的山、哀哀欲绝的山林，自顾自想着、说着，用迷迷茫茫的语气。

“你知道指南宫的传说吗？”我说，“情人是不能来这里的，来这里是要闹分手的，你知道吗？”

我转过身去背对着他，牵强地笑说：“虽然我们没有真正地开始，可是我的心一直没有和你的心分手，所以我求佛……假如他比上帝更能让我和你的心早日分开的话，我就愿意背叛上帝，把自己钉上十字架，赎我爱上你的罪。我乞求这个地方的神，让我和你分手。”

“你怎么可以这样？太自私了！”他话还没有听完已经气恼不已。

他冲动恼怒了起来，拉了我便往外走。“不许你许这种咒，收起来！”

“那要怎么样呀？”我用力想甩掉他的手，哭喊着问道，“我不能爱你，因为你是萧敏华的，全世界都知道；我又不能不爱你，因为我是那么爱你，我该怎么办啊？”

“这是我和你的事情，你不可以乞求我们分手，如果你真的做得到，就不要求，你做到啊！”

他只是一意地对我吼着：“反正，就是不可以赌那种咒，你真那么喜欢自虐吗？你就不能和凡人一样光明正大恨一个人吗？你恨我啊！如果真的有那么大的伤害，你恨我啊！把你的苦发泄出来，为什么一定要把自己逼到走投无路？”

“我不会恨，我妈没有教我。”我仍是任性的语气。

他总算停住，静了静，然后深叹了一口气。

“你还是一样任性。”这话凝住了空气。

我一听，再也没法顾及什么。心，好痛。

我冲过去抱着他大哭起来。“你知道我有多想你吗？我以为我忘记了，可是我没有；我以为我死心了，可是也没有；我以为我再也不用受那种苦，可是你为什么又来？是你，是你置我于死地的。我好恨你，我恨不得吃了你、啃了你，你知不知道啊？”

他任由我又抱又捶打，不避也不反击。按照他对爱情的忠贞，他是绝不能允许女朋友之外的女孩子这样对他的。

而我，沉溺在这一生一世最渴望也最不敢奢望的幸福里。

比空气还要飘渺的幸福。

“你们分了？”平静下来之后，忽然想起他和萧敏华的事情。

他默不作声。

我一时无法反应，我该如何反应？是狂悲还是狂喜？我不敢想也不能想这个问题，我必须维持我对友谊的忠贞。

“我不是因为这样才来找你的。”他试图想解释什么。

“我不在乎！”我打断了他的解释，喃喃自语着，“我……不……在……乎。”

没看他的表情，只专注他胸口强烈而不规律地跳动，不敢去思考他的任何反应。

樊天成在一年前和我的好朋友萧敏华在一起，因为这样子的接触，我也爱上了樊天成。

在一次和樊天成失控接吻的场景被萧敏华看见之后，事情一发不可收拾。

萧敏华说要去死，樊天成不想她死，所以他们约法三章：不和我再有任何往来，就当我是个陌生人。

他们暗自做了这么一个决定，决定背着我把友情和爱情抽离。

虽然我也配合得很好，但是在萧敏华的心中，令她烦忧的孔绣花已经不是实体的孔绣花，是她心里制造出来的一个恶魔；纠缠她的也不是活着的孔绣花，而是活在樊天成心里的孔绣花。

像这样子的对手是没有办法打败的。没有办法打败，她就继续用她心里的恶魔去猜忌樊天成。

这一年多来，他们争吵不休，而且，像萧敏华这样爱面子的人，居然到最后也不顾形象在公开场合和樊天成吵架，甚至动起手脚。

分手的时候，萧敏华对他说："我累了。"

五

我的爱情树一直在很久以后才生根、发芽，才深深地与我的爱恋相连，我小心翼翼地盯着它、护着它，虽然不知道它能否有机会长大。

"我要挂电话了，等会儿有事。"我对小松说。

他无辜地问我："你还在生我的气吗？"

我居然柔着声音，用像蜜糖一样腻的声音回答他："没有啊，有什么气好生的？都是跟你闹着玩的。"

原来他从我这里得到的温柔，竟是来自我被另一个男孩子温柔的豢养。

“人家想说话。”他撒娇。唉，小男生。

“别闹了。”我笑说，“我要出门了。”

樊天成正在楼下等我。

“明天理你。”我急急地补充道，不留情地挂上电话。

我像是一个天气女神，给了一棵树阳光，只好在另一棵树上下雪。

后来我才明白，有些树无需阳光、雨露滋养它，也能一心一意、坚定不移地成长；而有些树却是没有生命的韧度，注定哀哀死去。

“小花哇哇哇……”小松对我唱起那首他自编的歌，像儿歌一样，很好玩。

在电话另一头的我笑得合不拢嘴。

正当此时，我忽然说：“有电话，小松！”我的语气听起来十分紧张。

“你不是说过聊天最重要吗？人生苦短，反正有重要的事情他会再打来！你不都是这么说的？”

当然，以前是这样子没有错。

可是现在，我担心是樊天成打来的电话，听小松这样嘻嘻哈哈，不免心里又急又气，更不禁令我怒火中烧。

“别闹，我要去接，晚点打不打来随你，bye！”我急急地随便结束我们的对话，便把电话无情地挂掉了，压根儿都还没有听见他的回应。

接过去，真的是樊天成的声音，我意料中的。

一开口，他便问我："你在跟小松说话？"又是没有语调的声音。

我说："挂了，因为你。"

他听了只是沉默，没多说什么。

怕他不懂，我用任性的话对他说："我爱你。"那声音坚定不移。

谁知道，这时电话里突然换成了一个几乎要让我死去的声音。"喂，小花，晚上出来玩好不好？今晚我们要好好庆祝一番，你知道四月十三日是什么日子吗？想起来了吗？我们三个人认识一周年了，出来吧！求求你，别啃书了，来啊，我和樊……计划了一堆要给你惊喜呢！人家想死你了。"

"……"

"喂，小花，你怎么了？干吗不说话？不开心啊？喂喂喂，樊……这电话有问题，我们换一个。"

樊天成把电话接过去。

"喂？我知道你在，晚上见你。"他冷静地说，"不要乱想。"

"就这么约定了，好，你答应了，不许反悔。"他强撑着这场独角戏。

我总算说了一句话，一句连我自己也不知道怎么组织出来的话，我说："晚上我没空。"

六

一共有三天，我没吃下任何东西，也没让人知道。我说过我可以分开成两半来活，一半的我正在接受强烈的身心煎熬，不想吃饭、不想说话、不想睡觉，可是另一半的我还勉强着在正常的世界里运转。

“小花，”我的小松，那棵下了很多风雪的树在唤我，“你在吗？为什么那么有气无力的？”

“饿了三天啦！”我没头没脑地说，“没钱吃饭啊！”

我这样随随便便、完全不知道自己在说什么话，他居然也轻易相信。

“不会吧？你等着，我给你买吃的去。”

我一惊，才想到自己刚才到底说了什么话。完蛋了，实在不该对那么认真的人开那么大的玩笑。

“不要啦！我不想吃。”我急忙说。

“你是不是得了厌食症？要吃啦！你等一下，一定要吃。”他紧张兮兮的。

“不要理我！我好累，想要睡觉，不要过来啦！”

“不管，事关生死，你别睡，我立刻来，大概三十分钟，等我！”

一说完，电话里就传来“嘟嘟”的声音。我被他这一次难得的霸道给吓了一跳，却仍在想——为什么他不是樊天成呢？

樊天成已经是一棵秋天的爱情树，将要枯死了，而我却还是那么愚蠢固执，奋力抢救着他。

无力回天。

二十分钟之后，门铃响起。我拖着憔悴的身躯下楼开门，拖鞋很大声地拍打在地上。

一开门，我倚着门，强忍着倦眼，抬起眼皮看见的却不是小松，而是樊天成。

他急忙上前来扶我，却被我倔强地推开，可却推不动。

“你病了？”他焦虑地问。

我知道我的脸色很苍白，真该抹点粉下来见人。

他了解我，一向那么明白我的心思。

“她还没有心理准备，我怕她寻死。”

“我知道……”我苦笑着，“我很坚强，不会寻死。”

“你没有释怀，为何要假装？”他有些愠怒，“为什么你总是不坦白，用虚假包装着自己的喜怒哀乐？让所有的幸福错身而过……别人的、自己的。”

我虚弱地回答：“我爱你，我说了，你还是要把属于我的幸福交给萧敏华，当我说这句话试图去争取的时候，你正在把电话交给萧敏华。我想，那时候说了也是没有用的。”

他听见了我说的话，才明白那一天他做错了什么，又伤了什么。

他心疼地上前抱住我，说:“原谅我。”

“我恨的不是你啊！”我说，“我恨的是自己，明知道是一棵不会长好的树，却不忍心放弃。是我自己的错，我到现在才明白，伤害都是我自己造成的，不是你或是萧敏华。”

该怎么办呢?

“小花。”有人在这个时候喊了我。

我一转头，正迎向小松仓皇的脸。

他好像还没有意会过来，这一切景象算是什么状况？他、樊天成和我之间到底各自认为是什么状况？我们三个人之间的认知到底有没有交集？他要以什么样的态度和立场来看待我和樊天成？他没有办法在那么短的时间内了解清楚。

他慌张地拿起手上的便当给我，问道:“你要现在吃吗？还是我拿上去等会儿再吃。”

这一刻，我突然对小松有好深的罪恶感。

我的罪恶感对小松而言不是喜事,因为对于不爱又去伤害的人，才会有这种情绪。我忽然因为这可怕的罪恶感而清楚了一些事。

“我……”我不知道如何回答小松，头昏得无法说话。

是樊天成推开我，当着小松的面对我说:“老妹，去吃饭吧！别要性子了。我还有约，你知道的，是敏华。我可不能迟到，不然，她的脾气一旦炸开来，是要整人三天三夜的。”

我仰望着他，迷茫的泪水模糊了眼。他看起来多么像一棵暴雨中的树，从来就不给我机会回头。

樊天成跃上摩托车，扬长而去，我还来不及说再见。

“你哥啊？”小松呆呆地走过来拍拍我的肩膀，不明白地问道，“为什么不像？”

这时我才回过神来，对着小松吼道：“他不是我哥！”然后没命似的往摩托车消失的方向追去。

“小花！你又想干吗？”小松在背后喊着，随着我在车流中追逐。

我是傻的，我知道就算自己用一辈子也追不上樊天成的脚步，却仍是不肯放弃，就算他和萧敏华已成怨偶，也无法轻言分离。

而等待一个人，是有如死亡过程般那样煎熬。

我能追到什么？

到最后……漫天的喧闹淹没了一切，怎么也听不清我们三人之间的言语了。

醒来的时候，只有小松在我的身边，我红透了眼。

因为樊天成，我没有办法顾及小松的感受，当我一睁开眼睛就问小松：“樊天成呢？我没追上他吗？”

小松听着，一下子没有办法回答我。

我知道将有事情发生，小松从来不对我沉默，他总是在我不说话的时候对我说好多话，不管我是否想听。

“你看见樊天成了吗？”我虚弱地再问他一次，“他不见了吗？”

“是的，”他咽了咽口水，才说，“一颗心不能养着两棵树，这样会得不到幸福的……所以，他帮你砍掉了一棵。”

冬天终于来了，好冷。

再见了，我的爱情树。

女朋友

我深深地注视着于明远，这一刻，我再也不用当巫婆了，我是一个公主，拥有着我爱也深爱着我的男子，还有童话中始终不曾着墨的幸福快乐。

一

星期六的下午，天气闷热。

我屏气凝神端坐在计算机前面，手指生硬而笨拙地在键盘上敲打。

这屋子里总共有几十部计算机，每秒钟传来此起彼落的敲击键盘声，就好像千军万马，“嗒啦、嗒啦”奋力向前奔跑，将内心所要诉说的话，拼了一口气说给不熟的人听。

这时候，可能是因为大楼的空调出了毛病，所以信息教室里闷得直叫人透不过气，加上那布满污浊汗珠的脸和沉闷的鼻息，更让我有点受不了。

向四周环顾了一眼，每一部计算机前都坐着人，每个人都全心投入，好像这么低劣的环境一点也没有干扰到他们。难道，大家在虚拟世界交谈的时候，果真就暂时不活在真实世界了？所以也不需要干净的空气了？

我极不舒服，涨红着脸，努力把短短三行字打完就打算离开。

“青蛙：我们来交往吧。既然你不是恐龙，而我也不是，那就没什么好担心了。‘想当女朋友’的巫婆。”

写完之后，我迅速按下关机键，再连续按下几次 Enter 键，从关机到离开，丝毫不给自己犹豫逗留的时间。

和代号是“青蛙”的男生认识，是在一个星期以前。那一天，我和于明远大吵一架之后，原本是要去找热爱 BBS 的徐小玫诉苦，但是那一天居然很意外地找不到，反正我也闲着没有事情做，所以就无聊地玩起 BBS。

那个时候，我只不过想随便抓个什么人说话，因为不断说话是让我平静情绪的方式。当然，最好也能看看是否能认识一些男生，好让我暂时把“于明远”这三个字给丢到外太空去。

于是我到“上线名单”里去找人聊天，当然，看到了很多“一世情缘”或是“钟爱一生”之类的恶心名称。那种摆明了是想泡美眉又自认是多情种的男生，应该是刚好正中我的下怀，但我却下意识地排斥他们，大概是因为我是第一次“游戏人间”吧！自觉不是这些老手的对手，而且，我害怕再遇上一个像于明远那样的男生，那我的大学生涯就算是玩完了。

所以我选中账号名称为“青蛙”的男生，虽然他也在名片档中明讲他是等待公主一吻变成王子的寂寞男孩，但不知道怎么的，这样直率的表达方式就比较不令人讨厌。我在他的字里行间嗅不出一点自以为浪漫的肉麻味道，反而有一种青春期特有的天真烂漫。

很拙劣也很自然直接的表达方式。

从青蛙的自我介绍里感觉得出来，他很年轻、很单纯，涉世未深，再加上他的太阳星座落在水瓶，以为全天底下没有一个坏人那般的理想主义……至少，他认为这世界上没有坏女人，只有“善良的公主”。

而我为什么那么了解青蛙呢？理由很简单，因为我的太阳星座也落在水瓶，我也相信全天底下没有一个坏人，除了于明远之外。

这世界上没有坏男人，只有“善良的王子”。

那个时候，我觉得认识于明远真是倒了八辈子的霉。

“姐姐一定有很多人追！”荧幕上出现一排看似恭维，听起来却像是在试探的话。

我笑了。

“母恐龙也会有公恐龙来追求吧。”我不置可否地回答。

我从计算机荧幕的反光中端详起自己这“母恐龙”的样子，很想大笑。

“我有机会吗？我可以得到你的吻变成王子吗？”

“我不是公主，是巫婆，只会把王子变成青蛙。”

“你干吗一直贬自己是巫婆？你好奇怪，所有女生都喜欢当公主的。”

“我也希望是啊，可就不是嘛，小青蛙。”

“感觉你一副历经沧桑的样子，好可怜哦！”

“历经沧桑？哈哈哈……”真是会令人笑到流泪的四个字。

我爱了于明远整整两年，那种感觉，相信以后也不会再有。可悲的是，他并不爱我，只需要我，我的善解人意、我的聪明慧黠，但他也不推却我对他的爱意。

于明远很有女人缘，我并不是他唯一的爱慕者，可是扛着一个“红粉知己”的名号，我是最亲近他的人。有时候我会想，像那些把他看成天上的星星或者是百年一见的哈雷彗星，清楚自己绝对得不到他的女生是比较幸福的吧！反而对于像我这样“挂羊头卖狗肉”的亲近他的所谓“红粉知己”，实在是一种惩罚和折磨。

爱上一个人为什么要得到惩罚和折磨当作回报呢？我不解。

是什么时候开始意识到我已经爱上冷酷不多言的于明远的呢？大概就只为了他的一句戏言吧。

他随口对我说：“坐上我的摩托车就是我的女人了。”

原本有强烈自主意识的我，应该是不能忍受这种看似把自己物化的言辞，认为那是一种侮辱。要是别的男孩子对我说出这种话，我恐怕这一辈子再也不会对他说第二句话。然而奇怪的是，从那一刻开始，我发觉内心的情感排山倒海而来。

原来，当了两年的朋友之后，我发现我是爱他的，我爱上他了。

几经挣扎之后，我终于告诉了他我的感觉。

他拧熄手上的烟，低着头，随后抬头瞄了我一下，转身过去。

“小希，你没有谈过恋爱吧？”他问。但是这问题问得有点霸道，好像只是在逼我承认而已。

我很认真地点点头。

“那你就不懂怎么当人家的女朋友了。”

“我可以学，谁都有第一次谈恋爱的时候啊！”我天真而且认真地告诉他，丝毫不知道他话里的含意究竟是什么。

“那你知道怎么当女朋友吗？”他问。

这有点难到我了。我摇头，心里不断想着：王子和公主是如何幸福快乐的呢？童话里并没有提。

“像这样。”说着，他以迅雷不及掩耳的速度把嘴凑到我的嘴上，一阵温热而湿润的感觉直直冲击我的大脑。终于，在更深的吻来临之前，我踉跄地推开了他。

“小笨蛋，”他竟然轻轻松松地说，“你还不够格呢！这不过是一个吻罢了。”

二

青蛙回信了。

我怔怔地看着青蛙的来信，觉得那段话是那么熟悉，熟悉得像是我自己打出来的字一样。我轻叹了一声，在依旧失调的空调教室里困难地回着信。当然困难，因为对着一个陌生人说出这样子的话，心里总感到格格不入。

我们到底熟吗？

“青蛙：我不确定我会不会爱你，但……我正尝试这样做。你知道巫婆是冷血的动物，如果你愿意把我的血液加温，也许我可能变成年轻的公主，给你一个吻，让你变成王子。不过我没有很大的把握，巫婆的魔法对爱情可是无计可施的啊！”

就在我打完字要离开的时候，青蛙上线了。

“姐姐，你有爱过人吗？”

这段文字令我想起了于明远问过我的话：“你没有谈过恋爱吧？”

这件事情很重要吗？

“笨青蛙，巫婆在年轻貌美、心地善良的时候，也会爱上别人的。”

“别把自己说成巫婆好不好？我不喜欢你那样说。”

“sorry，小青蛙。”

“也不要喊我青蛙，我就快变成王子了。”

“真的吗？”我的心头忽然觉得一阵酸楚，那种感觉像是失恋。可是我失恋什么呢？我跟青蛙都还没有见过面，“那，恭喜你了，你的公主出现啦？”

“是啊！就是你。”他的反应很直接，直接得像个笨蛋，用笨蛋的语言在跟巫婆对谈。

荧幕前映着我甜蜜的笑脸，为了他的天真。

“那以后改叫你王子吧。”

“呵呵，我好高兴啊！”

“……”

“那如何能得到你的吻？”

“让我当你的女朋友吧。而且，带我出去告诉全世界，我是你的女朋友。”

“……”

“怎么了？很奇怪吗？还是不愿意？”

“我只听过有很想有人爱她的公主，没有听过女生这么想要‘女朋友’的头衔呢！你好不一样啊，姐姐。”

“我也是想要有人爱的，只是能成为‘女朋友’就更好了。青蛙，反正你有人陪，不吃亏啦。”

“我不是很懂，我被你搞得有点糊涂了。如果我爱上你，我会让你成为我的女朋友；如果你是我的女朋友，我怎么会不爱你？这两件事情当然是同一件事情啊，怎么可以分开呢！”

“等你长大就会知道了，小青蛙。”

“别叫我小青蛙。”

“好吧，我亲爱的王子。”

三

一定没有人会相信，而且从来就没有人发现过我和于明远扑朔迷离的关系。没有人搞得懂，甚至我自己也搞不懂这是什么样子的关系。我们究竟是属于情人，还是朋友？人和人之间的关系，到底要怎么样才算？

在人前，我们相遇的时候温和礼貌地点头打招呼，当一群人打闹着的时候，我们保持着比和别人相处更适当的距离；而在人后，我们亲吻、拥抱，像一对恋人。他没有女朋友的时候是如此，后来交了女朋友之后还是如此。

我没有想过当所谓的“第三者”，有的时候，我甚至不觉得自己是第三者。在爱情的世界里只有我们两个人，没有什么第三者。

当然，那也可能是我一厢情愿的定义。

“我想当……你的女朋友。”窝在他的怀里，我终于忍不住对他说出长久以来的向往。

他沉默了一会儿，反问我：“我们现在这样不好吗？”

不好？没有什么不好……我想不出来有什么不好，但是我的心里却是不舒服、不自在的。也许，情人之间只要能真真切切地拥抱一分一秒，就很足够了。但是，我始终不明白，为什么我们不能够手牵手走在街上？每一次，当我看见那样子的恋人，为了他们这样光明正大的幸福，都感动得想哭泣。

我摇摇头，回答他：“是我不够好吧？”

他听了，捏捏我的脸颊说：“别瞎想，笨蛋。”

总是这样子，话谈到这里就很难再继续下去，我不愿意闹得一发不可收拾，逼得他逃离。我的幸福是那么微薄，致使它难以用任何方法被考验。我能够安静地守住所有激动的逼问、愤懑不平的情绪，并且把自己和自己的情绪在那种危险的时刻凝结成化石。

像许多女人一样，当爱一个人爱到盲目时，就不会在乎自己的感受了。因为，就算只拥有他的一点点，都会看成比自己如宇宙大般的幸福还要重要。就算只拥有一点点，也要用尽所有去争取。

小小的委屈又算得了什么？

然而久了，我却渐渐明白，握在我手中的一直不是幸福，而是折磨。我渐渐明白,那个可以跟他牵着手上街的女孩子才是幸福的。

可是我已经离不开他，只好故意继续把折磨当成是幸福。

这种愚蠢和盲目，就算是在朋友面前也不敢轻易说出口。我的爱情，愚蠢到无法对任何人说出口。

四

“青蛙：这个星期六下午出来好不好？我好想牵着你的手去逛街、看电影。如果你肯为我实现这个愿望，我就给你一个吻，让你变成王子。”

写邮件给青蛙的日期是星期四早上，那个时候我才离开于明远的床沿，包在薄薄的被单里。会写出这样的话也许是那时睡意还没有全消失，也许和睡意也没有关系，只是从未清醒地过日子。

当我写完一按下 Enter 键时，就感觉身后传来一阵温暖，我敏感地猛然回头，和于明远的脸相对着。我竟然像是一个做错事情的小孩，全身颤抖了一下。

我在他的怀里对另外一个男孩子提出约会的邀请，这是多么夸张的一件事情！连我也被自己的举动吓到了，强烈的不忠诚、背叛别人的感觉席卷着我。但，为什么会有这种感觉呢？我和他之间似乎找不出什么需要彼此忠诚的支点，我们……我们又不是男女朋友！

可是，他蹙着眉头的郁闷神情却让我慌乱到了极点。仿佛在那一刻，分离再也刻不容缓，不容等我爱上青蛙或成为青蛙的女友之后才到来。

原本已经笃定的决心，在此时全盘推翻了。就在这相对无言的时候，我的眼泪竟然夺眶而出。

终于，他开口对我说："你真是越来越爱哭了。"

他转过身去，背对着我继续说："我不想要每天面对一个哭哭啼啼的女生，烦透了，你走吧。"

"我不要！我才不要走！"几乎想都没有想就冲口而出。

"那你要什么？我又不爱你，你也不是我的女朋友！"他很大声地对我说，"难道你只是喜欢接吻、拥抱和做爱吗？"

这么残酷的话他怎么说得出口？他怎么对我说得出口？

我拼命摇头，即使他看不见。

我不能思考了。

五

“青蛙：对不起，我不是有意要放你鸽子的。我这个星期太丑、太像巫婆了，怕你见了会不喜欢我，真的很对不起。能不能再给我一个星期的时间？等我努力变成公主之后就跟你见面。”

写这封邮件的时候，我的眼眶仍然是红着的，不确定自己哭了多久了，只能确定眼泪并不能平复我的伤心。

不是没有怀疑过青蛙的年纪、长相和个性，关于网络上欺骗的事件我也略知一二。徐小玫对我说过，因为她就这样被欺骗了好几次。“网络上的人都是骗子！”在第二十次被“恐龙网友”骗出去喝咖啡之后，她这么斩钉截铁地告诉我。因为他们都让她相信他们是身高180公分以上的大学篮球队员，后来才发现他们是180公分被打断了腿、和大学的分数差了30分以上，每一次都让徐小玫差一点当面骂脏话。

可是，我却是相信青蛙，相信他的真诚和贴心。我不愿意用理性去分析这样的心思，习惯用飞蛾扑火式的盲目去享受那瞬间灼热的快感。

更何况，青蛙已经成为我在自己单纯的人际网络里面，唯一能够抓住的爱情浮木。他打动我的程度，足以让我可以盲目地抓住他逃离于明远的魔咒。

就在我要离线的时候，青蛙来了。

“你还好吧？”青蛙问我。

“不太好。眼睛肿得像面龟，丑死了。”

“唉，何苦呢，公主？”

看到“何苦”这两个字，我的眼泪又来了，一滴一滴掉在键盘上。

“想得到你在哭的样子，你在伤心什么呢？”青蛙问我。

“我被遗弃了，我现在是流浪猫。”我胡言乱语一通。

“……被遗弃？”

“把我捡回家吧，我已经无家可归了。退到无路可退、让到不能再让，他还是把我丢弃了。”

“被男朋友抛弃了？……你别这样子想嘛！说不定只是他自己丢弃自己。”

“青蛙，你在说什么？我听不懂。”

“你没有谈过恋爱吧？”

又是这句话！难道说，没有谈过恋爱就是爱情国度里的低等公民吗？

“没有。”但我和于明远不是吗？“有。”该死，我分不清楚我有没有谈过恋爱。

“你连这个都分不清楚吗，公主？”

“我真可悲。你说的到底是什么意思？”

“我是说，他可能是自觉配不上你或者是不敢再亏欠你而已，不见得是不要你。”

“啊，这是我最近听到最好的安慰词了，好得……很假。不过，谢啦！但是，你以后会这样子对我吗？像他这样子，自以为是对我好，却不知道其实很残酷。他才不像是谈过恋爱的人呢！有谈过恋爱的人怎么会分不清楚什么才是为我好？真的了解我，就不会这样自以为是了。”

“我？我……不知道。”

“如果是这样子，那我们也别见面了，青蛙。再一次，我会死掉的，你知道吗？”

“别生气啊！我只是很诚实地告诉你我不敢预知未来。”

“我要走了，我好怕，怕你是另一个陷阱。青蛙，你无法理解我现在身心俱疲的感觉，只剩下最后一口气可以见你，可我……不敢……不敢再这么痛了。”

“别走，听我说……”

“别再说了！青蛙，我自认一定有令你心动的美丽，让我当你的女朋友，不管多久，只要有完整的结束和开始，你肯不肯？”我逼他。

“我爱你。”

“我不要，我不稀罕你爱不爱我！我只要当你的女朋友！你懂不懂？我不惜一切代价，你要怎么样都可以，我已经不稀罕爱情的承诺，那都是骗人的！真的爱我就用行动表示，不要随口说说。说了爱我，却又不敢跟我在一起，身边的女人一直换，就是轮不到我，天大的谎言！”我激动不已。

“对不起，对不起，我的公主，我错了，是我错了。”

“……”

“你还在吗？公主。不要沉默以对，那样我很难受。”

“算了，青蛙，你才二十岁，应该有好的爱情，不必被一颗将死的心拖累，拜拜。”

说完了这些话，我很快把对话中止。离开，不，是逃开。

几天之内我都没有再上线，每一天我都蹲在自己的房间里面，怔怔地盯着手机看，看是不是能奇迹般收到于明远的电话。可是，都没有，他就这么消失了，用最残忍的方式把我们之间的关系结束掉，安静得像是跌落在湖水里面的落叶。我们的开始和结束竟然都是静悄悄的，无处可找，连回忆都显得很不真实。这是我投注全力去爱的人、去经营的爱情，结局竟然惨烈到难以想象。

我也没有打电话给于明远，既然他说出了那么残忍的话，我怕了，怕再听见更残忍的话。

奇怪的是，就在这段时间，廖可珊也失踪了，我们这个小团体中的人都没有她的消息。

廖可珊是我这一群比较要好的同班同学之一，她和我不熟，但是和徐小玫交情不错。每天和徐小玫去上课，大部分的时间都混在一起。但奇怪的是，她最近也没有和徐小玫一起行动。

"我最近看到廖可珊一个人哦，脸色很难看，差不多就跟你一样。"徐小玫神秘兮兮地对我说。

和我一样？是的，廖可珊是于明远的新女朋友，他们交往了半年。

"是吗？"我不动声色、故作冷静。

"喂，你别一副事不关己的样子嘛！大家都是朋友一场，她和于明远两个人这样子真的很令人担心啊！"

"小玫，清官难断家务事啦！"我故意说，"他们两个人又不是第一次搞这种事，床头吵床尾和啦！"

"小希，你真的很没良心啊！话说回来，你最近的脸色也很菜，是跟谁失恋了？"

"跟中国通史的老师啦！"我随便乱说，讶异自己超高的说谎技术。"期中考试没通过。"

"哈！重修中国通史？你将会是本系的第一人哦！"

"才不会！我期末会过的，因为我和老朱谈判过，只要我交两份历史报告，她就放过我。"

"有关什么的？"

"铁路沿革和道路规划史。"

我"嘿嘿"地干笑两声，如果我没有良心就好了，其实于明远和廖可珊平均每两个星期到一个月会大吵一架，哪一回我不是虎视眈眈地期望他们分手？只是到头来都是空欢喜一场。

床头吵床尾和，我也不是随便说说的。

徐小玫拉着我陪她去信息教室，我忍不住又跟着她上线，结果发现青蛙每天都寄一封邮件给我。

3 月 4 日。“公主，你不要我了吗？你是那种意思吗？请你原谅我吧，我已经不能没有你。”

3 月 5 日。“公主，你已经两天没有出现了，我很在乎你，我后悔了，从来没有这么后悔过，对你。请你回头看一看我，给我一个在乎的眼光吧！”

3 月 6 日。“公主，你信不信？我刚才喝掉了一瓶 XO，因为今天我为了你做了一件事情。这件事情半年来我一直想为你做，但是都没有成功过，今天总算成功了。我失去了一个重要的人，可是我不寂寞也没有很伤心，我终于发现，我并不需要多余的人在我身边，我只要你。”

3 月 7 日。“公主，我不会再对你设陷阱的，请你相信我好吗？如果你读到了这一封信。”

3 月 8 日。“公主，我们还有没有缘分，就让老天爷来决定吧！如果你读到了这一封信，就表示我们还有缘分。明天中午十二点，我在信息大楼门口等你。反正，不管你来不来，这一天我都会等下去的。你来的话，我会实现你的愿望，当你的男朋友。我穿一身运动衣，很好认的。”

真奇怪，于明远也喜欢穿那样的衣服。青蛙的每一句话都令我莫名惊慌，怎么会这样？不可能有这样的感情，我所认识的青蛙不像是……不像是这样子的。

看到这里，我的心“扑通、扑通”狂跳了起来。

“小玫……”我恍惚地拍了拍身旁的小玫问道，“今天几号了？”

“8号吧，计算机上有显示啊。”她一边回答，一边还死盯着屏幕不放，她又在和新的骗子热切交谈。

“几点了？”我又问。冲击太大，以致我反应很迟钝。

“快一点了吧，计算机上有啊，你自己不会看哦？”她不耐烦地说。

青蛙已经在等我！

我几乎是跌跌撞撞地走出了信息教室，再脚步错乱地踏出了信息大楼，我好怕青蛙就这么走掉了。

像接近旋涡里的我，忽然看见浮木，忽然说什么也不想放弃，忽然很想要不再孤单。

终于，走到了大门口，看见一个男子……只有他一个人等在门口，焦躁地抽着烟。

可是，二十岁的青蛙并不抽烟。但这男子的打扮却和青蛙在信中所说的一样。

我小心翼翼向他接近，然而，越是接近，我就越是全身僵硬，举手投足全不由己。那份熟悉感令我害怕且令我挣扎痛苦。

就在他转过身来的那一刻，我完全不能动了。

于明远！

“果然肿得像面龟一样，好惨。”这是他的开场白，苍白的脸还能装出一副吊儿郎当的样子。

杀人凶手对你说：你看起来真狼狈！这算什么！

我的眼里全是问号、忧伤、愤怒、爱慕……只是没有一种情绪说得出口。

他看出来，直截了当告诉我：“没有啦，只是很担心你……我上线去找青蛙，请求他把账号让给我用。总不好我害了你，又让你害了青蛙，对不对？”

“巫婆可不是青蛙能收服的，你知道吗？就算他可能变成王子，可是巫婆可没有那么善良愿意给他一个吻，巫婆可是尖酸刻薄得很呢！”

我很尖酸刻薄吗？开玩笑！

我没有回应他，只是静静听着。

“冤有头债有主，不是吗？这个残局需要由债主来收拾才对，不是由可怜的青蛙……”他对我说，“更何况，你也不是真的爱上青蛙了吧。”

“我会努力爱上他。”终于，我赌气地开口说，这是我第一次敢顶撞他的意思、违反他的调侃。“我会先成为他的女朋友，然后一天一天爱上他，不再爱你。”

“这么久了，你终于肯说爱我。”

我付出了一切还不能证明爱吗？是你白痴！于明远，你白痴！

于明远似乎心怀鬼胎地对我笑。“你真是太天真了，还敢以巫婆自居，小公主。”

“那是我的事情，不要你管。”我生气地别过头去。

他却无所谓地继续说：“OK。我有两张电影票，不知道有没有荣幸请你去看一场电影，公主？”

“不过我很少看电影，随便挑的，我只问售票员最近有没有爱情文艺片可以看，他就给了我这个。”他拿出了票给我看。

我呆住了。

“我想，”他说，“看完电影我们可以手牵手去逛街，今天听说似乎有什么活动呢！你不是最喜欢陈晓东吗？好像有他的签唱会。”

“于明远？”我看着他。

“你知道怎么当人家的女朋友吧？我都教过你了，虽然你的中国通史挂掉了，笨成这样。”他说。

我的眼泪就要夺眶而出，不停在眼眶中打转。他看见了，没正视我，反而低下头去，说：“我……不是讨厌你哭，而是不想看见你为我掉眼泪。我很喜欢你，你那么好，我那么浪荡，我怕害了你，可是我又不够果决，才会这么拖着。那一天会赶你走，是因为看见你写给青蛙的邮件，我好心痛，万万也想不到事情走到了这种地步，我都乱了，只觉得自己像魔鬼，一定要逼你远离我才可以挽救。天啊！我怎么那么傻，二十三岁的男人竟然做了十三岁小男生的决定。”

我深深地注视着于明远，这一刻，我再也不用当巫婆了，我是一个公主，拥有着我爱也深爱着我的男子，还有童话中始终不曾着墨的幸福快乐。

他抬起头，以飞快的速度在我的嘴唇上印了一下。

“我爱你，所以，当我的女朋友好吗？”他说。那声音像暮春风中的脆铃，敲击着空气中每一个幸福的分子。

“好啊！看完电影之后请我喝杯咖啡。”

“真是需索无度。”

我终于牵起幸福的手，成为别人的女朋友。

阿爸爱吃的花生

在男人看似什么都可以抛弃的伪装之下，其实都有颗玻璃心，到了最后，他们或许遗忘了那份激动，但其实他们早就与那份情感共同生活了。不能和这些情感物一同喘息，他们也活不下去。

不知有没有人有类似的生活经验:在冬夜里，有个摊贩推着车，穿梭在大街小巷，车上卖的是热腾腾的煮花生。

我永远不会忘记那位推车子卖花生的叔叔，因为每次他的叫卖声传来，爸爸就会拿钱去买花生。

“买了那么多自己又吃不完。”这是小时候听见的妈妈的抱怨。后来我发现很多男人都爱一口气买很多食物，爸爸的“坏习惯”可不是特例。

“花生好吃，下酒刚刚好。”爸爸总是这样回着妈妈。

有一次爸爸喝了酒，那位推花生车的叔叔又来了，爸爸照例拿了钱去买花生。

那一次他酒后说的话，我永远记得。

“天气那么冷，还要出来做生意，很辛苦啊！”

我终于明白，爸爸对花生并非情有独钟，“购买”这件事情多半是出自同情心。

结婚之后，我的另一位爸爸——也就是我公公，他也很奇特。有一天和他去逛街时，他频频回头去看一位在垃圾桶翻找杯子的老人。

“我想知道他是不是渴了要找水喝，去买个饮料给他吧。”他的眼里有着不舍。

“应该是在做资源回收吧。”我安慰着他。

总觉得那个年代的男人很敦厚、很可爱。爸爸常买到瑕疵品，可是从不退货，我以前觉得他很笨，现在则觉得他有一颗同情心。他觉得做生意的人很辛苦，不需要为了一点小钱为难人家。

相较于聪明的现代人，总是说“买到赚到”、“消费者权益至上”，我总觉得那个年代的人可爱多了。交易如果注入了情感，依然是一件很美的事情。

除了花生之外，爸爸也爱买菱角，只要去台南就会买。我想他也不是爱吃菱角，这几年他牙齿不好更吃不动了，但他还是会买，是因为菱角是他对故乡的感情。

公公则着迷于嘉义小村落某个小面摊的黑白切小吃。我觉得并没有特别好吃，但那是他对故乡的感情，他坚持那是全世界最好吃的东西。

在男人看似什么都可以抛弃的伪装之下，其实都有颗玻璃心，到了最后，他们或许遗忘了那份激动，但其实他们早就与那份情感共同生活了。不能和这些情感物一同喘息，他们也活不下去。

情感，终究是人们最主要的依靠。

不知不觉中我也变成了这样的人。买了热饮料时问道：“很烫吗？”原本只是怕喝太大口被烫到，所以要问清楚。

“对不起，因为你说要热的，我帮你重做吧？”

“不用啦！我等一下再喝就好了，谢谢你。”

人与人之间的情分，无价。

回想起长大了以后，爱过几个人，谈过几次无疾而终的恋爱，常常感觉很不实际。就是那种明明几天前还山盟海誓的恋人，过了一个晚上就陌生得令人心寒，说分手的时候，好像过去那些在一起的日子都是不存在的。

其实，离开那些人，我并没有心碎。认真想起来，也不觉得非得要他们一直陪我走人生的路，总觉得虽然喜欢他们，但仍有一些格格不入。

例如，那些男友们都非常喜欢去昂贵的餐厅吃饭，不管经济能力是否够好，就是喜欢装腔作势。和他们去用餐，我也必须用心打扮，否则他们就会觉得很没面子。

当他们对服务员说话的时候，总是一副高高在上的样子。记得有一年情人节，我和当时的男朋友一起去某家餐厅享用情人节大餐，那一天餐厅可能太忙了，送餐过程不断出错，引来我那位男友的不满，一次又一次摆起脸色指正服务员。

“你们不是说虾有巴掌大？看看这是什么？会不会太夸张了？”

“这水杯根本没有洗干净，你们的餐点价格那么昂贵，却提供这种水杯？”

“十分钟之前已经提醒过你，主菜要改清淡一点，结果没有！

你看这是什么？要不要自己吃吃看？”

在这过程中我始终保持安静，希望用沉默的反应把可能引发的更大冲突安抚下去。

离开餐厅之后，一个卖花的小女生走到我身边，眼巴巴地看着我，希望我买一束玫瑰花。

我便把眼光移向他，一把玫瑰花才一百五十元，又是情人节，这么好打发女朋友的事情，他应该不会笨到拒绝我吧？

没想到他真的拒绝了我！

他说："亲爱的，我们晚上受的气还不够多吗？天气那么热，看看她手上那些花，都快要枯萎了，还要卖一百五十元，会不会太坑人了啊？”

他也不管那孩子是不是听到这些话，好像根本是故意说给她听的。

那小女孩的反应也很快，立刻说："那一束只要一百元就好了。”

结果他听了更生气。“一束五十元我也不要，我就是不买劣质品！”

说完了之后，气氛僵持了三秒钟。坦白说我被他吓到了，没想到他竟然说得出这么残忍的话！

三秒钟之后，小女孩悻悻然地走开，我立刻追上前去，掏出皮包里的两百元给她，微笑着告诉她："我要买一束美丽的玫瑰花送给自己。”

小女孩原本眼眶中含着泪水，这时却破涕为笑了。她很仔细地想在一堆花束里找一束最漂亮的给我，然而我只随便拿了其中一束说："这个就好了，好漂亮。"

女孩收了钱说了谢谢，欢天喜地地继续寻找下个客人。这时候男友走到我身边，不以为然地说出"妇人之仁"这四个字。

我看了他一眼，没办法和他继续说下去，直接拦了一辆出租车回家。没有错，我决定和他分手。

隔天早上，办公室送来一束体积惊人、重得要两个女生才抱得动的花束，是我那男友送来的。花束里的卡片写着：我不是吝于买那束玫瑰花，而是想要给你更好的。

我当然明白他是怎么想的，问题是，他不知道什么对我来说才是最好的。我认为他不会了解，所以，自此后我便没有再见过他了。

后来我所交往的对象，大概都是遇到类似的问题而分手的。

几年之后，有一个年轻的男孩子来追求我，我随便瞄一眼就知道他不是我的菜，因为穿着看起来很幼稚，而且不修边幅。我还对好姐妹们说："真不知道我是走了什么坏运，这种男生竟然也会来追求我？"大家听完我的自我揶揄后不禁笑弯了腰。

他的脑袋组织好像和我曾经遇到过的男人们都不一样，别的男人都在追求更好的职业、更高的地位、更富裕的物质生活，而他每天都在追求快乐。他在一家小公司上班，薪水不多，却很节省，身上的衣服都是旧旧的，连一件像样的西装也没有。有一天我在万般无奈、推辞不掉的情况之下，答应和他一起去吃晚餐。

他带我到一家小面摊，面摊旁还放着馊水桶，上面布满了脏脏的油渍，而所谓的雅座也是简单的餐桌和塑胶椅，我都不知要怎么坐那种椅子才不会跌倒。

更令我讶异的是，第一次约会他竟然带我到这种地方，也太寒酸了吧!

只见他和面摊老板娘热情地交谈着，好像是认识很久的朋友。在那个地方我实在很难有好胃口，所以只点了一点小菜。

看他胃口很好，大口大口吃着面，还不时赞美老板娘煮的面最好吃了。

看着他这么热情的样子，让我忍不住想泼他冷水说:“有那么夸张吗？”

“有啊！这里的酢酱都是老板娘每天亲手熬煮出来的啊！你都不知道现在很多酢酱都是料理包，从工厂出来的，里面加了什么都不知道。”他认真说着。

被他这么一说倒是引起我的兴趣了。“这样不是很耗时间吗?而且，直接买现成的还比较节省成本吧？”

“你说对了！所以你说这碗面有没有很感人？”

我没有更多感觉，只觉得他在耍嘴皮子，所以不置可否。

在他吃面的过程中，不断找话题和我聊，而我对他实在毫无兴趣，便一边左顾右盼，一边没什么心思地与他聊着。

不久之后，他吃完面，老板娘刚好走过来，笑眯眯地问他要不要打包一点猪肝汤回家，免费的，因为快要打烊了。

他想都没想就说好。我心里想，怎么这样啊，还吃免费的，害不害臊啊?

望着老板娘走回摊位的背影,我这才发现她右脚的裤管好宽松，仔细一看，竟然是假的……义肢。

打包好猪肝汤之后，我们就一起离开。离开前，他还指着我对老板娘说:“她是我第一个女朋友哦，很漂亮吧？”

我瞪大了眼睛，差点没赏他一巴掌，只是当下不好意思在老板娘面前做出这种动作。

老板娘以迅雷不及掩耳的速度伸出油腻腻的双手来跟我握手，笑眯眯地说:“真有眼光，要好好对待人家哦！”

“那我下次再来看你。”他说。

这时候我已经一肚子气快要爆炸了，还下次再来看她?

离开之后，我鼓着腮帮子不说话，如果不是那个地方太偏僻很难招出租车，我一定不会让他送我回家。

“你刚才也看到了吧？”

“看到什么？”

“老板娘的义肢啊！”

“那又怎么样？”

“十年前她和先生、小孩开车出游，结果中途发生了车祸，他们…… 全都死了，只有她活下来。”

这故事太令人惊讶了，使得我不知不觉对他说话的语气变得比较和缓。“这样啊……”

“她太爱她先生了，说什么也不肯再嫁。”他说，“我常常来吃面，就是要挺她。”

听到他说出“挺她”这两个字，我觉得他既幼稚又可爱，忍不住笑了出来。没想到，他还是个多情的家伙。

“你不觉得现在好吃的东西太多了吗？要吃什么都有，可是……要吃到这么有感情的食物就很不容易了。”他说，“唉，我也不会说，反正就是把看似简单的消费行为变得更有意义吧！”

当他说出这句话的时候，我停下脚步，回头看了他一眼，他看起来依然是个貌不惊人又穿着邋遢的小男生，但我为什么突然感觉他很有魅力呢？

“幼稚鬼……”我低声着说。

“你说什么？”

“没什么。”

这时，我们经过的路旁刚好有家夜店，一位提着竹篮卖花的小女孩上前问他：“先生，要不要买一束花给你的女朋友呢？”

吼！我气死了，立即反应道：“我不是他的女朋友！”

真倒霉，第一次和他出来吃个饭就被占尽便宜！

而他也不管我，立刻问了价钱后便买下。那束花，要价两百元。

“也太贵了吧？”我把眼光投到那些花上面，随口说，“小妹妹，你的花应该多放一点水，不然会枯萎得很快……”

“正常的花离开土壤之后本来就会枯萎啊！”他像是要帮小妹妹说话一样。

顿时，我想起几个月前分手的那个人。

当时……也是因为买花的事情而让我对身边的他不满，但不一样的是，我无法接受的是对方功利又虚荣的态度。可是眼前的这个男人，反应却像当初的我一样，充满着包容。

他……或许是我所期望的对象。

因此我收了他的花，答应了第二次约会。

第三次约会。

第四次约会。

最后我们不再约会……我们结婚了。

那天我们穿梭在车阵之中，一位卖玉兰花的老婆婆经过我们的车子旁，我看见他眼中的不舍。

“要不要买玉兰花？”他果然马上开口问我。

当下，虽然我脑中闪过一堆自以为聪明的念头，包括新闻报道说很多卖玉兰花的人其实都是有钱人等等，但是我几乎是毫不犹豫地说：“好啊，我也喜欢车子里香香的。”

他笑了，摇下车窗喊住老婆婆。老婆婆又推荐和茉莉花一起买，他一样二话不说，笑笑收下。

除了茉莉花的香味让我感到开心，真正让我高兴的，我想……是他善良的心。

虽然我没有特别想买这些花，但是我想为他留住那一点对人的敦厚。购物这件事情所带来的快乐，常在“得到”之后就结束了，但这样充满情感的购物，却会成为让心灵一直美好下去的快乐。

也许我们到老也不会特别富有，但至少可以留住这样的梦：在冷冷的冬夜里，听见卖花生的小贩经过，只是因为能体会那种辛劳而买了一大堆花生，到时候我大概会说：“你又吃不完这么多。”

然后他会故意说花生好吃，就像我爸爸一样。

我确信，他就是我要找的人，一个带着善良情感，会疼惜别人的好男人。

幸福的滋味

童年的暑假有冰箱里的白杏仁、黑仙草，以及各式各样的传统美食，源源不绝的点心就像是外婆对我们付出的爱心，那些五颜六色的美味，就是记忆中幸福的滋味。

“砰！”冰箱门被用力关上后，一群小孩的笑声炸了开来，随着伙伴们的吆喝，一群人蹦跳着往屋外奔去。

没多久，冰箱门再度被打开，传来几声碗盘、瓷器碰撞的声响之后，门再度被猛力关上。

此时，在厨房忙着做饭的外婆终于按捺不住脾气，探出头来扯着嗓子大喊道：“你们这几个小鬼，放暑假就变成了恶魔，我的老命都快被折腾到剩半条了！”

“好啦，不会了，外婆，我们出去玩啰！”我带妹妹和两个邻居家的小孩逃命似的随口应了几声，就赶忙逃离现场，以免等会儿外婆发现冰箱里的冰仙草已经见底。

这种充满活力的画面，几乎是暑假当中每一天都会上演的。

从放假第一天开始，妈妈在上班之前，就会把我们三个小萝卜头送到外婆家去玩耍，傍晚下班再过来，一起吃过晚饭后，才带着我们回家。

这种包吃、包玩……有时候还会包住的“夏令营”，对我们来说就像是天堂，但对外婆来说却像是一场灾难。据她所描述，我们家三个小孩就像是蝗虫过境般，每次一来总会把冰箱中的饮料、点心扫得一样不剩，不管她补充得有多勤快，都赶不上我们吃东西的速度。

其实，她最心疼的是那台古董级的老冰箱，总是怕它禁不起我们开开关关。

每到傍晚妈妈来接我们的时候，外婆总会把我们今天的恶行一股脑地向妈妈全盘托出。不过，嘴巴念着，她手里却没忘记端上盛满饭菜的碗，而妈妈也总是一边瞪着一旁扮鬼脸的我们，一边把外婆满满的爱往嘴里送。

外婆总是这样，一边叨念着，一边把她对子孙的爱毫不保留地展现出来。从她总是在冰箱里备着前一天我们点的菜，就可以感受得出来她有多爱我们。

“外婆、外婆，你会不会做冰米苔目？昨天国英她妈妈有请我们喝一碗，好好吃哦！”

“你笨哦！外婆什么不会做？明天外婆就做给你们吃哦！”

每次听到外婆这样说，我们三姐妹就会开心得跳起来，因为她真的就像魔术师一样，每每总会“变”出许多我们央求的美食，从不让人失望。

隔天，一到外婆家，我们早已忘了“米苔目”之约，就被等我们许久的国英、芳芳、小玲一起拉去玩跳绳。直到快接近中午，大家被自个儿的妈妈一一点名叫回家之后，我们才到院子旁梳洗，准备回家吃午饭。

“哇！大姐，你看，真的有冰米苔目啊！”小妹惊呼着叫我赶紧过去。

“噗……”尖叫声之大，害我一口卡在喉咙的冰水都忍不住喷了出来。

奔向冰箱的同时，已经看见二妹黏在外婆屁股后面“点菜”。

“阿婆……拜托啦，我很久都没吃到你做的汤圆了，明天吧……好不好？……阿婆……求求你啦……”

我和小妹看着这逗趣的画面，嘴里吃着冰凉的米苔目，笑弯了腰。除了嘴里的甜糖水之外，心里有一种甜甜的幸福感觉。

童年的暑假有冰箱里的白杏仁、黑仙草，以及各式各样的传统美食，源源不绝的点心就像是外婆对我们付出的爱心，那些五颜六色的美味，就是记忆中幸福的滋味。

* * *

这样的滋味一直到我五年级暑假的某一天变了味道。

中午吃完午饭，我和妹妹们照惯例和外婆躺在老旧宿舍里，在她最爱的和式房榻榻米上，聊着以前外婆努力学习女红的过往。

伴随着笑闹声，外婆突然小声地说了一句：“真希望以后还能常常这样跟你们聊天就好了。”

当时我们还不解地追问：“为什么不能？是因为晚上我们都要回家吗？那我们跟妈妈说住在这里陪阿婆不就好了吗？”

外婆沉默不答，望着天花板的眼睛似乎闪着泪光。

“外婆，你到底在说什么啊？我们怎么都听不懂，你要去哪里啊？”

我们三个小萝卜头好奇地拉着外婆的小碎花装不停地追问着，怎么刚刚还好端端地笑着，却突然变得这么不开心呢？

“外婆要搬到台北去住了，你们舅舅刚买房生子，他希望外婆可以搬过去一起住，顺便帮他照顾你们的表弟。”

“怎么可以把外婆抢走！这样我们就看不到你了啊！”个性很直的小妹第一个发难。

“对啊！外婆煮的东西那么好吃，那以后我就吃不到你做的汤圆了！我不要！我不要！”汤圆的忠实粉丝——二妹为了捍卫自己的权益，立刻扑到外婆身上，一副谁也别想抢走她心爱东西的模样。

“外婆，那……你想搬到台北去吗？”我战战兢兢地提出问题，生怕从外婆口中听到我不想听到的答案。

“外婆老了，以后只能依靠你舅舅。虽然舍不得离开，但是……舅舅需要外婆，外婆只好选择搬到台北。你们要乖，好好念书，有空就去看看我好吗？”

“阿婆……”

我忘了姐妹三人后来还讲了什么蠢话、用了什么牵强的理由来挽留外婆，但我记得最后大家不舍地抱在一起哭了起来，老冷气机发出的声响伴着我们一起入睡，度过那个笑着开始却哭着结束的下午。

* * *

自从外婆上次跟我们说了要搬到台北的事情之后，我们很努力地假装遗忘这件事情，好像只要不再提起，外婆就会忘记跟舅舅的约定，当作从来没有发生过这件事一般。

而且，不知道为什么，从那之后我发现自己喝甜汤或吃点心时，总会不自觉地再盛上一碗，或许是潜意识里害怕没机会再吃到外婆做的点心，所以努力地要把她的爱通通都吞下去吧！

可是，就算我再怎么假装对外婆的点心有多么眷恋，也无法阻止大人们的决定，那个最令人害怕的分离时刻还是会无情地到来。

或许是不想面对无法负荷的离别伤感，外婆刻意选在深夜离开，只交代大舅请工人尽快把几样简单的家具搬上车，就打算趁着邻居及我们还没出现的时候离开。

可是，事情没能如她的预想进行，不但我们全家五口一起出动，就连一起住了三四十年的老邻居都一个个凑上前来送行。

“哎呀，都几点了，你们怎么都还没睡啊？”忙着整理行李的外婆一回身，看见默默站在背后的大家有点吃惊。

“张婆婆你真是的……就打算这么走了吗？”嗓门最大的刘妈妈就像往常一样，扯开嗓子埋怨着外婆的“无情”。

“是呀！我虽然一把老骨头，但还能帮忙搬一些东西上车呢！

老邻居了，别客气！”李爷爷不改热心的本性，边说还边凑上去挪了挪卡车的空位。

“喜妹啊，真是舍不得你走！你再重新考虑考虑嘛……”和外婆年纪差不多的郭奶奶已经一把鼻涕一把眼泪地紧紧抱住外婆。

外婆紧紧地握了每个人的手，一个个跟这些老邻居们道别。

“我就是怕这样所以才选择偷偷地走……哎哟，你们……谢谢啊……谢谢……大家保重了……”个性坚强的外婆，尽力忍着快夺眶而出的泪水。

终于，轮到我们了……

“外婆！”

我们赖皮地紧紧用力抱着外婆不让她走，脸上早已挂满了泪水。

“你们三个乖，记得阿婆说过的话，要用功读书、听妈妈的话，想阿婆的时候，就去看看我。”

“知道了！”我们用力喊着，想借此让外婆知道我们会记得她说的话，也顺道想把心中的悲伤用这样的方式释放出来。

“妈，东西都搬得差不多了，该出发了。”大舅过来催促着，距离跟搬家工人约定的出发时间其实已经晚了近一个钟头。

爸妈过来抱住我们，顺道向外婆告别。爸爸故意开玩笑讲着：说不定明天想念外婆了，就开车载我们去。

爸爸一向都爱说些疯狂的点子来吓吓外婆，虽然外婆老爱骂他是大小孩、不正经，但其实爸爸的话却常逗得她笑得合不拢嘴。

"好了，大家快回去吧！有空我会再来看看大家，你们保重啊！"外婆在货车上对送行的人挥挥手后，货车缓缓驶离。

我们站在后面用力地挥手，印象中甚至还追了一小段路。货车跟着扬起的白烟慢慢消失在黑夜直到看不见，我们才相信外婆是真的离开这里了。

不过，那时候的我认为，不管外婆搬得有多远，我相信她的心一定跟我们同在，尤其在她生活了大半辈子的地方，这里的回忆绝对没有跟着打包的行李、家具一起离开。而且，从那一刻起，我也早已打定主意，等我长大念高中后可以离家时，一定要北上去念书，陪伴外婆度过以后的时光。

* * *

我没忘记小时候的愿望。长大后，我跟着外婆的脚步来到了台北念书、工作，闲暇时光就到舅舅家探望外婆，陪她说话，关心她的健康状况。

近几年她的身体状况每况愈下，老喊着这里疼、那里酸，胃口不佳，进食很少，体重从60多公斤往下掉了10公斤，让人实在很担心她的状况。

近几次去看她，她甚至会盯着远方，忘了刚刚正在说什么话。问外婆是不是哪儿不舒服，换来的也总是"大概累了"的说法，然后她便草草催促着我离开，不要再花这么多时间来看她，而耽误了自己的事。

外婆那爱笑的爽朗个性不见了，现在的她老是郁郁寡欢有着心事，而且像是有什么秘密一样不能对人说。

我还记得是一个星期六的午后，在家热得睡不着，我打算骑着摩托车到租屋处附近的市场冰果店吃碗刨冰消消暑。到了巷口处，遇到了一个推着摊车叫卖的阿伯。“来哦，冰豆花、仙草冰，好吃又消暑哦！”

阿伯的出现让我感到好奇新鲜，在都市里已经很难看到这么复古的小贩车，而且阿伯卖的还是我正想吃的仙草冰！我像中了乐透似的，掏钱向阿伯买了好几碗，打算带去舅舅家跟大家一起吃，顺便也让外婆吃她最爱的仙草冰。

来到舅舅家楼下，我三步并成两步跳着上楼梯，当我准备跟大家分享点心时，从公寓半掩的门缝中听到了吵架的怒吼声。我小心翼翼地贴着墙壁偷听，想搞清楚到底发生了什么事。

“你到底想要怎么样？我跟你讲的事你有在考虑吗？你这样只会害得这个家鸡犬不宁你知道吗？”

是舅妈的咆哮声，她又在跟谁发神经？虽然知道她很自私讨厌，但倒是很少听她这么歇斯底里过。

“该不会……在跟舅舅吵架吧？惨了，这样我要怎么进去啊？真尴尬……冰都快融化了。”

“你说够了没有？不要太过分了！”随着舅舅的怒吼，传来了几声玻璃器皿被摔碎的声音。

哇！为了什么事吵得这么凶呀？我要不要进去劝架？还是打电话给表弟，叫他回家看看怎么回事？正在我犹豫着该如何是好的时候，客厅传来一声微弱的声音。

“……不要再吵了……”是外婆略带颤抖的声音，“我晚上会打电话给你大哥，看看他那边有没有地方住……”

“妈，你不要……”舅舅的话才说一半，就立刻被舅妈阻止。

“阿财，你不要忘了答应我的承诺。我们今年一定要移民美国，我没办法再等了！”舅妈把不满用力吼了出来。

“所以……你们……打算把外婆丢下，是吗？”我不敢置信耳朵听见的，感觉一阵头晕目眩，勉强推开门走到客厅。

看见我的出现，大家全都吃惊地望向我，他们没料到我会突然出现，更没料到我会“幸运”地撞见这一幕。

早说了今天有中乐透彩的预感，卖仙草冰的阿伯的出现绝对是冥冥中安排好的，才让我发现外婆一直隐瞒的秘密。

舅舅的头低得不能再低了，仿佛还有几滴泪水滴落在他脚边，舅妈则是把头撇向窗外，不与我的视线交会。

我用力把仙草冰袋往舅妈的脚边丢去，不顾什么伦理辈分朝着她说出我的不满：“你还真是‘孝顺’的媳妇啊！当你需要外婆帮你照顾小孩的时候，想尽办法把她请来，说什么要好好孝顺她、照顾她，结果呢？当你们事业有成，孩子们也都大了，就嫌她老了拖累你们了？她得要自己想办法找地方待着，不妨碍你们，这就是你们孝顺的方式吗？”

“小宇，你不可以这样……”外婆拉着我的手，哭着提醒我要遵守晚辈该有的礼貌。

舅舅跟舅妈没有搭理我的话，或许是难过得说不出话来，或许是想狠下心决定这一切。总之，那一天的最后，我气得帮外婆收拾了行李，然后半推半就带她离开了那个家。

尽管传统的外婆舍不得离开儿子，舍不得离开孙子，但是她还是必须接受舅舅一家人要离开的事实，就像那天我们被迫接受她要离开我们一样。

和室里的老冷气机嗡嗡作响，外婆和我们躺在榻榻米上聊着小时候的故事，开心地笑着回忆过往。

这是我们最爱的场景，它又回来了。虽然，外婆从活力朝气的眷村妈妈变成了白发苍苍的老人，而我们也从孩子变成了大人，但是这份爱与缘分的联系却始终没有变过，甚至更被珍惜。

“阿婆、阿婆，我要请你吃东西，等下你要帮我打分数哦！”年纪最小的妹妹古灵精怪地赖在外婆身上撒娇。

“美雅你不可以拉票！但是阿婆，等下你如果觉得我煮得好吃，你不要不好意思……可以尽量夸奖我哦！哈！”二妹不让小妹专美于前，也向外婆展开谄媚攻势。

“好了啦! 你们两个很无聊啊! 还不快去把东西拿出来，话真多!”既然被她们两个抢先，我只好采取老大姿态想要压倒她们的气势。

我们兴奋地跑到厨房和冰箱各自去拿准备了一个早上的“礼物”，想要向外婆炫耀。

“米苔目！”

“咸汤圆！哎呀，惨了！”

“仙草冰！”

从小妹开始，我们依序报上自己准备的食物想要给外婆品尝，至于二妹发出的哀号声……则是她的汤圆因为摆放过久全都黏在了一块，顿时气势全消，让我跟小妹笑得东倒西歪。

“好吃，真的都很好吃！你们三个都是一百分！”外婆一一品尝之后，眼角带着开心的泪对我们说。

早知道外婆不会偏袒谁，因为我们知道，这些真心特制的点心与料理对她来说，绝对是难忘的幸福滋味，就像是它们曾经带给我们童年暑假时光那样难忘的幸福滋味。

不过父亲节

我默默地把门关上，连同刚刚才打开没多久的心门。

我打算守着这个秘密直到念大学后离开这个家，过着只属于自己的人生。

再见了，爸爸……噢，不对！再见了，林叔叔。

以前我从不过父亲节，从今以后，我更没有理由在这个节日庆祝从来没见过的人物。

从小到大，我就是个对节日冷漠的女生。每到各大节庆我都恨不得找个安静的地方躲起来，与热闹温馨的气氛隔绝，省得我会被那些肉麻场面或恶心搞得反胃，脸部抽搐不知如何应对。有时，还会不小心搞砸了别人精心策划的派对。

所以，我讨厌过节，尤其是父亲节。

爸妈在我小学三年级时离异，在那之前，他们没有一天和睦相处过。每天放学回到家都可以嗅出不寻常的气氛，剑拔弩张的场面随时上演，他们为了一点小事就可以扯开嗓门大吼，指责对方的不是，有时甚至还得出动警察伯伯出面调解才能平息。我想，对于住在这里的邻居们来说，这大概早已是司空见惯、见怪不怪的事了。

我也是从一开始的害怕到最后变得麻木。每一次爸妈的争吵，躲在衣橱里听着声音从激烈到平息的我，就像是听着一场收音机里播放的广播剧一样。抽离了现实，仿佛就像听着别人的故事。

最后他们终于分开了，妈妈选择跟着外公到国外去学做生意，而我则无奈地跟着爸爸一起生活。

从那之后，我们家变安静了，但是我也因此变得更寂寞了。

爸爸因为要工作应酬的关系，常常把当天的吃饭钱塞给我就完成了父亲的责任，每当再见到他，通常都是隔天早上要去上学的时候。印象中，我跟爸爸好好坐下来吃一餐饭，好好说话的时间简直是少得可怜。

我一个人生活，一个人照顾自己，在没有人可以陪伴的状况下，任何节日或节庆对我来说真的没有太大的意义。

我想，或许就是从这个时候开始，我变成了一个不过节日的女孩。

这样的情况一直到了小学要升初中的那个夏天才有了不同。

某天下午，我一个人在家看着电视时，爸爸带着一位阿姨回家，阿姨后头还跟了两个年纪看起来比我小一些的妹妹。

“晴芳，叫阿姨。以后她们要跟我们一起生活，你们要好好相处哦！”随着爸爸半介绍、半命令的开场白，这三个陌生人走进了我的生活。

“晴芳好漂亮哦！我常听你爸爸提起你，原来你长得这么可爱呢！”那个不知道叫什么名字的阿姨，用高八度的嗓门先对我示好。大概是以为这句话就可以贿赂我，让彼此留下好印象。

“你们好。”

我冷冷地丢下三个字后，就起身关上电视打算回房间，把客厅留给爸爸和他的“新房客们”。

一来是我孤独惯了，一时之间不知该如何和陌生人相处，二来是内心中隐约觉得她们三个人的出现，将会瓜分爸爸的爱——那已经少得可怜的爱，因此心里有点酸楚和五味杂陈。

“咳……没关系，小孩子就是这样，不要理她，从小就怪脾气……很快她就会习惯了。”爸爸打圆场化解现场的尴尬，希望他们不要把我的怪里怪气放在心上。

我怪里怪气？是这样子吗？原来在爸爸心中，我就是一个怪里怪气的小孩。好吧，就当我是好了，随便了，反正也没有人会在意。

* * *

那个叫美秀的阿姨真的很厉害，自从她搬来我们家之后，爸爸变得天天准时回家，而且家里总是充满欢乐的笑声（除了我之外），跟小时候的我们家相差好多。

美秀阿姨的两个小孩叫心如和婷如，一个跟我同年，一个则小我一岁。虽然我们年纪差不多，但不知道为什么，我和她们之间却存在着巨大隔阂，甚至有时还会有莫名的敌意。她们总是会故意在我面前跟爸爸撒娇，然后斜睨着眼偷瞄我，一副胜利者的姿态。

我还记得有一年的父亲节，阿姨煮了一大桌丰盛的菜庆祝。饭桌上阿姨不停向爸爸敬酒，感谢他一直以来对她们母女的照顾，说到情深处还热泪盈眶，哽咽了起来……

天啊！这是在演哪一出？未免也太矫情了点，我都快吐了！

不愧是一家人，妈妈才刚演完，马上就换两个女儿上场。“爸爸，父亲节快乐！这是我们特为你准备的礼物。”

说完，一人拿出卡片一人拿出刮胡刀，笑盈盈地献给爸爸，眼神还时不时地往我这瞟。

“晴芳，你不送爸爸礼物，起码也该用汽水敬爸爸，跟爸爸说声父亲节快乐呀！”阿姨突如其来的一句话让我涨红了脸。感觉现在这个场合里，最不识相、最不懂得人情世故的就是我。

可是，明明就是从我懂事开始，以前家里就很少过节。只要爸爸跟妈妈不要吵架我就已经非常感激了，哪里还会奢望要过节，全家人聚在一起说些温馨感人的话？

“爸……我什么都……没准备……”在众目睽睽之下，我吐出了这一句话。

“算了啦，我也没奢望你会送我东西啊！你只要乖乖念书就好了！”不知道爸爸是没收到礼物不高兴，还是他本来就不太会表达的关系，他讲这句话的时候明显少了一些温暖。

“我吃饱了……先回房间念书……”随口编了个理由，靠上了椅子，我回避着大家的眼光快速躲回房间，逃离令人窒息的现场。

隔着房门，我可以听见不时从饭厅传来的笑声，对照着我的落寞，自己的爸爸却和别人在过节。父亲节的意义对我而言，显得格外讽刺。

“我再也不过父亲节了。”我在心里默默对自己说。

* * *

美秀阿姨刚搬来的时候其实对我很好，吃东西、买衣服总不会少我一份，偶尔也会想带我跟两个没有血缘的妹妹出去走走。只是，我总是客气、委婉地拒绝，久了之后，美秀阿姨就变得较冷淡了。除了会在爸爸回到家时喊我出来吃饭，其他时间碰到，就好像我是空气一般，我在这个家里完全没有存在感。

“嘘……小声一点啦，不要让晴芳看见，你们两个赶快吃……”

“你们两个啊，别跟那个怪里怪气的姐姐一样，不知道哪根筋不对劲，好像全世界欠她一样……”

“妈，来！这个给你吃……嘘……不要被她看到了。她到底在不在家啊？”

好几次，就在我从房里要走出来倒水的时候，总会看见她们母女三人叽叽喳喳窝在厨房咬耳朵，不是讲我的坏话，就是分享食物，然后生怕我会抢走她们的东西一样。真是好笑！那个画面，就好像家里有三个见不得光的小偷一样。

虽然我一点都不稀罕她们的东西，也不在意她们怎么看我，但是那种背着人说三道四、指指点点的感觉真令人难受。所以好几次，我忍无可忍的情况下，会故意把拖鞋踩得很大声，不然就咳个几声以示抗议，借此告诉她们：嘿！我在家，你们不要太过分了！

几次这样的对峙之后，美秀阿姨对我的态度渐渐不像以前那样，甚至还会对爸爸说我的不是，有好几次爸爸都气呼呼地来质问我为什么态度要这么差。

“林晴芳，你就不能乖一点吗？一定要这样子跟阿姨说话吗？要把我气死你才会高兴是不是？”爸爸在我房门口气呼呼地吼着。

“你根本什么都不知道！就只会怪我、骂我……你到底是不是我爸爸啊？”压抑许久的情绪终于爆发，反正爸爸也不喜欢我，加上这一条，应该也差不到哪儿去。

“啪！”如我所预料，我的态度换来爸爸愤怒的一巴掌。

我倔强地瞪着他，余光还可以看见门口处挤了三个人正看着这一幕。

“对！我不是你爸爸！这么不喜欢我当你爸爸，就跟你妈一起走算了！给我滚！”

“滚就滚！你以为我喜欢在这个虚伪的家吗？”我恶狠狠地瞪了门口的美秀阿姨和那两个讨人厌的妹妹一眼。

“你在家的时候我才有‘荣幸’跟你一起上桌吃,你不在的时候，我就只能吃她们剩下的冷菜冷饭；每次到学校，我的课本不是被撕掉一页就是被画得乱七八糟！她们有跟你说过她们干的好事吗？这些我都忍住没有说，怕破坏这个家里的气氛，为什么你们还要这么过分，这样子对我？”

我像发了疯似的哭喊着对爸爸咆哮，最后，更愤怒地把椅子重重一甩，转身往外头跑去。

我漫无目的地哭着往前跑，根本不知道自己要去哪里。

等我从愤怒的意识中回到现实，才发现自己在家附近的一个小公园里。

又冷又饿的我无力地靠着秋千，绝望地摇晃着。“妈，你在哪里？可以来带我走吗？妈，我好想你，你有听见我在叫你吗？”

* * *

“林晴芳，你在哪里？快出来！跟爸爸回家！晴芳？有听到吗？”

远处传来的叫喊声把我从半梦半醒的恍惚状态中唤醒，看看手表，已经近凌晨一点钟了。

“是爸爸……”我下意识地从秋千椅上跳起，想要找个隐秘的地方不要让爸爸发现。

虽然对于刚刚吼叫的态度我很抱歉，但是我并不想这么快就回家跟他认错，因为我讲的话都是事实，我并没有诬陷或是情绪化乱发泄，只是希望爸爸能多关心我。因为，他是我现在唯一的亲人了。

想到这里，委屈的眼泪又不争气地流下，但是我不敢哭出声音，那会引来爸爸的注意，可能会把我带回家再臭骂一顿。

“晴芳，我知道你在这里，不要躲了，快点出来跟我回家。”

爸爸怎么会知道我躲在这里？难道我掉了什么东西被他发现了吗？

悄悄地从溜滑梯后头探出头望向广场，摇晃摆动着的秋千说明了一切。

“对不起，爸爸不应该打你、对你这么凶……我只是……我只是……想要做做样子给阿姨看，好让她不要刁难你……”爸爸的声音愈说愈无力，仔细听的话，似乎还有一点哽咽。

“原谅爸爸好不好？跟我回家，有什么事情好好讲……以后我会努力保护你，不让你受到伤害，其实爸爸很爱你的，晴芳……”

听到这些话，我对爸爸早已经心软了。没错，爸爸虽然平常跟我很少有沟通，但是他从不曾忘记养育我的责任，以前他没日没夜地兼差工作，为的还不就是给我经济无虞的稳定生活？想到这里，我突然对自己的任性感到抱歉。

“爸……我在这里……”我怯生生地从溜滑梯后方走出来，缓步走向他。

“没事就好，没事就好！”爸爸一个箭步跑过来把我拥在怀里，像小时候那样摸着我的头，好像在叫我安心别怕，一切都有爸爸在似的。

牵着爸爸的手，我们一起散步回家。我心里想：为了爸爸，以后我一定要跟阿姨还有妹妹和平相处，不再闹脾气让爸爸担心。

回到公寓前，看楼上灯还亮着，应该是阿姨还在等爸爸回去吧。

撇除掉我的存在不谈，其实美秀阿姨是真的还蛮照顾、关心爸爸的，所以我不能这么自私，只为了自己的快乐而牺牲掉爸爸的幸福。

“阿姨……我回来了。”我努力假装没事，先开口向阿姨打招呼。

“嗯。”阿姨面无表情地应答着。

“快洗把脸去睡了，明天还要上课。”爸爸从背后推了推我，挤了个眼神，示意我快进房。

我快速洗漱之后，回到房里关了灯，却完全没有睡意。想到爸爸今天是这么多年来第一次温柔地跟我说话，我就舍不得睡去。我很想留住这甜甜的美好，于是一骨碌又从床上爬起，开小灯写日记。

隐约中，从爸爸的房里好像传来他跟阿姨的争吵声。我好奇地蹑手蹑脚开了房门偷听，想知道他们到底发生了什么事。

“安静一点啦，等下会把小孩通通都吵醒的。”爸爸焦虑地要阿姨不要再说下去。

“阿明，你这样对我一点都不公平！当初你是怎么答应我的，你说等你离婚之后，就要给我们一个完整的家，可是现在呢？”阿姨哭着对爸爸说。

“现在？现在不也是一个完整的家吗？我哪里欺骗你了？哪里不完整了？”爸爸的声音带着一点怒气。

“有外人在的家就不是一个完整的家！晴芳那孩子也不是你亲生的，你为什么坚持要收养她，不让她跟她妈妈去国外呢？你说啊！”

阿姨的话让我听得头皮发麻，我不是爸爸亲生的？是我听错了吗？

“因为她亲生妈妈不要她！难道你要我眼睁睁看着她因为我们离婚而变成孤儿吗？太残忍了，我做不到！说到底，也是因为我有外遇，才跟她妈妈分开的呀！”

爸爸的话证实了我不是他亲生的这个事实。原来，从头到尾，我在这个家里才是没有血缘关系的外人，而她们才是爸爸的亲生女儿。

小时候的画面就像一部正在播放的老电影，一幕幕闪过眼前。

原来……

爸爸和妈妈吵架，是因为他外面有了美秀阿姨，还有了心如和婷如两个妹妹。

而妈妈和爸爸扯着行李箱互不相让，是因为妈妈想要遗弃我，爸爸正阻止着她。

可是我却想念着妈妈、埋怨着爸爸……这种结果叫我如何接受？如今想来，自己的人生未免也太可笑、太愚蠢了。

我默默地把门关上，连同刚刚才打开没多久的心门。

我打算守着这个秘密直到念大学后离开这个家，过着只属于自己的人生。

再见了，爸爸……噢，不对！再见了，林叔叔。

以前我从不过父亲节，从今以后，我更没有理由在这个节日庆祝从来没见过的人物。

我是一个不过节日的怪怪的女生。

最伟大的小人物

她真的很感激这些愿意伸出援手的人，因为她曾经尝过被冷漠拒绝的痛楚，所以，她跟自己、也总是对着阿和耳提面命地说：人在世界上，一定要当个能帮助别人的人，千万不能冷漠以对。

在烈日下，萧奶奶仍一如往常地穿梭在大街小巷中拾荒，弯着瘦弱的身子沿街收集人家丢弃的厚纸箱、易拉罐等回收物。这些被人家当成无用之物的垃圾，却是她赖以为生的来源，靠着资源回收的微薄收入，她不但得养活自己，还得拉扯和她相依为命的小孙子阿和。无论身体有多么疼痛不适，萧奶奶总是风雨无阻、日复一日工作着。

街坊邻居有些人知道她的处境，会将家中的废品交给她。每当从别人手中接过物品时，萧奶奶那因为常年捡拾而变形的驼背身躯，总是弯得更低，连声道谢。

她真的很感激这些愿意伸出援手的人，因为她曾经尝过被冷漠拒绝的痛楚，所以，她跟自己、也总是对着阿和耳提面命地说："人在世界上，一定要当个能帮助别人的人，千万不能冷漠以对。"

尤其每当夜里她想起死去的儿子，这样的信念就愈是强烈。

四年前的某个夜里，萧奶奶的儿子育祥突然昏迷被送进医院，医生诊断出脑部有血块压迫神经，必须立刻住院诊断再开刀治疗，否则恐怕会有生命危险。

这样的噩讯对家境贫苦的萧奶奶来说简直是雪上加霜，一时之间要她上哪里去凑出住院的费用？无计可施之下，她只好先拜托医院救救她儿子，她一定会赶快凑钱来还清医药费。

萧奶奶的恳求被医院拒绝了。院方以无法违反行政规定为由，力劝萧奶奶赶快向亲友凑钱办理住院手续，以免延误了治疗时机。

当天晚上，萧奶奶带着孙子阿和到处去借钱，好不容易快天亮时才终于凑齐，但儿子却因为来不及救治而撒手人寰，留下年迈的母亲与稚儿。

急诊室外，萧奶奶无助地哭喊："育祥……儿子啊……怎么不等等妈妈呀？你这样走了，我和阿和该怎么办呢……"

萧奶奶无力地跌坐在地上，一旁还散落了一地她好不容易借来的钱。而小孙子阿和则被她揽在怀中，无辜地张大着眼睛，不太明白奶奶为何哭得如此伤心。

因为凑不出住院保证金，萧奶奶眼睁睁地看着儿子离开，这种因贫苦而失去亲人的痛，让她非常痛心，更让她对救人的医疗制度如此冷漠而感到心寒。于是她立下心愿，只要能力所及，她一定要捐助金钱来帮助跟她遇到一样情况的人。

因此，萧奶奶总是辛勤地从事资源回收，除了养活她和孙子阿和之外，每个月都会将收入的其中一小部分捐赠给贫苦家庭，希望能够尽小小的力量给予帮助。而她自己则仍是和孙子阿和居住在非常简陋的矮房子里，过着不富裕却知足的日子。

在昏黄的灯光下，小学五年级的阿和有时候会边写功课边抬头看着她说："奶奶，等我长大之后会赚钱孝顺你，我们可以搬到漂亮的房子里，就不用再住在这么小的房子里了。"

"那你要乖乖用功读书，长大才能赚钱孝顺奶奶哦！"萧奶奶对于阿和的乖巧懂事感到贴心，但是每当阿和这么说的时候，她心里其实有着更多歉疚。因为要不是她年纪大了又不识字，只能靠着捡拾资源回收为生，也不必让阿和跟着她过这种日子。

在这间好心邻居提供他们居住的矮房子里，只有一台老旧的冰箱、电锅、碗盘、一张床和捡来的旧沙发、木头桌椅。阿和下课陪奶奶一起捡拾物品之后，晚上就窝在那个有点摇晃不稳的旧沙发上写作业。

邻居们有时会为祖孙俩送来爱心餐，有时阿和也会从学校里带回老师刻意留给他的营养午餐。祖孙俩就把这些爱心餐冰在冰箱里，分成好几天热来吃，这样在三餐上就不至于饿着。

阿和的制服是学校老师帮他准备的，而平常穿的衣服有些是捡来的衣物，有些则是邻居妈妈给他的，虽然有些衣服脱线或者尺寸不符，但阿和总是开心地穿着它们。

因为他深知奶奶拉扯他的辛苦，因此他不想再让奶奶担心他，甚至懂事的他还肩负起照顾奶奶的责任。看到奶奶身体酸痛却强忍着没说，他会主动帮奶奶按按摩、捶捶背，用他目前能做的方式来孝顺奶奶。

祖孙俩在简陋却温暖的矮房子里生活，不会因此而感到卑微心酸，甚至还因为知足珍惜，让他们觉得自己比其他人都过得富裕。

阿和希望自己快点长大，在奶奶还没老到不能动之前，要让她享享福，不要再这么劳累地外出捡拾，换他代替爸爸，扛起照顾这个家的责任。

可是，老天爷没有听见他的祈祷，他担心的事情还是发生了。

* * *

“奶奶？你在家吗？奶奶！”每天下课后，阿和会沿着奶奶回家的路线去找寻奶奶，今天走了几条巷弄都没有发现奶奶的身影，他觉得有点奇怪，一股不祥的预感催促他赶快回家看看。

果不其然，阿和发现奶奶昏倒在木桌旁边，桌上的东西被打翻散落一地，木椅还压在奶奶身上。

阿和惊慌到不知所措，先搬开椅子之后，转身往屋外奔跑，往邻居家的方向跑去，沿路还不停呼喊：“阿坤伯，快救我奶奶，奶奶昏倒了啦！阿坤伯！”

气喘吁吁的阿和来到阿坤伯家求救，说明了大概状况之后，领着阿坤伯一起赶回家救奶奶。

还好阿和发现得早，来得及将奶奶送医院，否则阿和就要失去他唯一的亲人。

* * *

阿和的老师发现阿和接连几天都请假没上学，在询问过阿坤伯状况之后，老师前来医院探视萧奶奶还有阿和。

悄悄地推开病房门，老师看见阿和趴在奶奶的病床旁边，紧紧握住奶奶的手，熟睡的脸颊稍显消瘦，想必这孩子这几天应该吃了不少苦。这一幕，让站在门外的老师有些动容。

“阿和、阿和！”老师轻轻拍拍阿和的肩膀，试图将他唤醒。

“嗯？老师，你怎么来了？”阿和带着一脸惺忪的睡意问道。

“老师给你带吃的来，你还没吃晚餐吧？要不要跟老师一起吃？”林老师晃了晃手上的牛肉面，对阿和露出调皮的表情。

会客厅里阿和狼吞虎咽地吃着老师带来的牛肉面，边吃还不忘边称赞：“牛肉面好好吃哦！真的好香！”

林老师心疼地看着眼前的阿和，心里有无限的怜悯。或许，同样是隔代教养的背景，让他对阿和有了一份感同身受的同情。

“阿和，下个星期学校有演讲比赛，老师想要让你代表班级去比赛，你觉得这个提议好不好？”

“噗……老师……我不行啦……”听到老师的话，阿和嘴里的面差点没吐出来。

他觉得自己根本没有资格代表班级去参加演讲比赛，因为，班里还有很多同学比他优秀……家境也比他富裕，要他“这种人”

去参加，同学们一定会很不服气。

林老师当然知道阿和在想什么,因为他也曾经有过这样的心情。

他仍然不放弃地劝阿和："你不相信老师？这次要演讲的题目是'我最爱的人'，老师觉得你很适合，你只要把对奶奶的爱表现出来就可以，不得名也没关系；万一得名的话，你把奖状献给奶奶，这不是最好的礼物吗？"

老师的话让阿和心动了，他想要为奶奶努力争取奖状，奶奶一定会很高兴的。

"好吧，老师，我愿意试试看。我会想一想要怎么讲，把它写下来再给老师看。"

老师欣慰地拍拍阿和，对他点头表示肯定，他想要鼓励阿和把对奶奶的爱跟所有师生分享，这种情感很难能可贵。许多生活优渥的同学反而没办法体会，总是将父母、家里为他们所做的一切视为理所当然；失去了知足感恩的心，拥有再多物质上的满足也是枉然。

* * *

第十二届校园演讲比赛开始了。

当日，学校的大会堂挤满了各班级的学生，还有前来参观的学生家长。

台上坐着各年级推派出来参加比赛的选手，阿和也在其中。

赛前，这些选手们都把握时间做最后冲刺准备：有些人自信满满的眼睛直视前方默背着演讲稿，有些人则反复闭眼、张眼看着手上的小抄；坐在倒数第二排的阿和则是左顾右盼地看着四周，不安与紧张的神情全都写在了他脸上。

当他搜寻的眼神和老师对上时，老师双手用力握拳曲肘，对他说加油，随后双手比出大拇指，希望能帮他加油打气，给他一点自信。

其实在阿和要上台前，林老师就已经告诉过他："阿和，什么都不用去想，只要真诚地说出你对奶奶的爱，把你怎么爱奶奶勇敢地告诉大家，这样就好了。你做得到，奶奶会为你感到骄傲的！"

阿和在心里一直复诵着老师说的话，没错，与其今天说是来参加演讲比赛，倒不如说是来向大家告白。把自己对奶奶的爱勇敢告诉大家，跟大家分享。

随着校长致词完毕，评审老师宣布了今天的评分规则后，演讲比赛就正式开始了。

每个年级推派的班代表在台上滔滔不绝地流利地说着自己的最爱，除了口气腔调注重抑扬顿挫之外，搭配得恰如其分的手势更让演说内容生动不少。说完之后，台下的爸妈们更是骄傲地不停转头向周围的人介绍道："这是我女儿，这是我儿子。"就像电影、电视里看到的情节一样，每对父母都抱着望子成龙的期望。

时间一分一秒过去，终于轮到阿和上场。

瘦小的他小心翼翼地走到讲台上，身上略显泛黄的制服以及旧皮鞋让他尚未开口，气势就输给其他同学一些。

低着头的阿和深呼吸了一口气，手还不停揉搓着制服的裤脚。他缓缓抬头，对着台下开始自我介绍，以及他今天准备要向师长同学们的“告白”。

老师、各位同学大家好，我是五年二班的萧家和。

我今天要演讲的题目是：我最爱的奶奶。

奶奶的工作是做资源回收的，她不识字，所以常常叫我要用功读书，长大不要像她一样做这么辛苦的工作，赚的钱又不多。

在爸爸过世之后，奶奶就靠着捡资源回收把我抚养长大，每天她都要出去，不管外面太阳有多烈，或者是不是下雨天；她的脸上挂着流不完的汗水，身上的衣服也总是湿透的……她每天陪我做功课时帮我削铅笔的手，布满了厚实的茧。可是这些，都是为了要让我能够吃饱，可以平安健康地长大成人。

她不是一个光鲜亮丽的人，身上的衣服总是来来去去同样几件，有些甚至一补再补还有破洞脱线，可是奶奶在我心目中，却是最慈祥、最漂亮的人。

因为她总是告诉我：虽然我们是清苦的人，但还是要努力当一个能够帮助别人的人、能回报社会的人。

每个月奶奶捡拾回收所换取的微薄收入，除了帮我买吃的、用的以及家里一些生活用品之外，她自己总是省吃俭用再拿出一些钱捐给一些贫穷的人，好让他们生病了可以看医生，生活上有困难时可以暂时提供救助，不会因为没钱而陷入困境。因为她不希望看到因为家里没钱给爸爸看病，而只能眼睁睁看着爸爸死去的事情再度发生。

所以，每个月她都会努力存下一些钱，把自己的爱心送到社会上需要温暖的地方。

我们家很简陋，小小的房子里摆放了几件捡来的旧家具，没有计算机、电视，也没有冷气。当同学们开心地出去玩时，我却要陪着奶奶穿梭在大街小巷捡回收；当同学们去补习的时候，我却在满屋子捡来的物品里，挑拣着物品做分类。

可是，我却不会因此而感到不开心，因为我可以陪着奶奶，帮助她完成这些事，这样的我，就像是奶奶一直告诫我、对我的期许："成为一个可以帮助别人的人"，而这也是我回报她、孝顺她的方式。

奶奶多年来一直辛苦地照顾我，从不埋怨。就算全身病痛，也不曾听到她喊一声苦。

坚强的她，终于病倒了。现在……她正在医院的病房里努力跟病魔斗争。

虽然奶奶现在听不见我说的话，但是我还是要告诉她我很爱她，谢谢她把我抚养长大，希望她能赶快好起来，让我实现长大后换我赚钱养她的愿望，我也相信她会好起来，因为奶奶总是这么坚强。

奶奶，谢谢你。你永远都是我心目中最伟大的人。

谢谢大家。

阿和的演讲让台下很多同学、老师和家长都流下了感动的泪水，甚至有些妈妈激动地从座位上站了起来，大声喊道："萧家和加油！"

阿和红着眼眶向台下鞠躬准备退场，虽然奶奶没有办法出席这场演讲比赛，但是他知道，奶奶要是听到了也一定会开心和欣慰的。

比赛结束后，在几位老师慎重的讨论下，名次结果出炉了。阿和拿到了第一名，有奖金五千元和奖杯一座。

今晚，他要将这些荣誉全部献给奶奶，他生命中最爱也是最重要的人。

这次我没有急着挂电话，反而很想再听听妈妈的声音。

除了要妈妈别担心之外，我还叫她要好好照顾自己和阿爸，并且告诉她我很想她，会找时间回去看她。

这次我说的是真的，但是不知道还来不来得及？

坐在家门前不远处的河堤上，望着对岸的市容，我心里有一股恍如隔世的复杂感受。这里已经改变很多，我几乎都已经快要认不得了。

离开家乡已经有近十年的时间，期间，母亲经常打电话来催我回家，但我总是以工作忙碌为由来搪塞说：“我要赚大钱回去孝敬你！妈妈你等我，再过一阵子，我一定风光地回去接你。”

可惜，妈妈始终没有等到我回家。

二十几岁的时候，我就像只振翅等待飞翔的老鹰，急欲飞离从小生长的故乡到大城市发展。因为那时候的我认为到大都市才会有成功的机会，留在乡下只会浪费青春，到最后像父亲一样，一辈子守着爷爷留下来的小面店，从年轻到发白。

我不要过这样的生活，日子只能在勉强吃得饱、穿得暖中度过，我要到大城市里赚很多钱，让爸妈住得舒适一些，带他们上餐厅吃高档的食物，买最贵的衣服，我的成就会让他们引以为荣，我也将成为乡里称颂的青年楷模。

抱着这样的美梦，二十年前我义无反顾地带着身上的几千元积蓄北上，不管爸爸和妈妈怎么挽留，我还是坚决地离乡寻梦。

火车月台上有着妈妈浓浓的离愁，她哭得一把鼻涕一把泪交代我要好好照顾自己，然后又偷偷塞了她省吃俭用的几千元钱给我，就怕第一次离开家里这么远的我会受苦。我临上火车前，她还不忘交代最后一句话："要是受苦、过不惯就回家，家里永远欢迎你。"

我对妈妈点点头要她放心，但心里却说："要是没成功我绝对不会回家，我不甘心一辈子只守着面店。"

火车鸣笛声响起，它将带着我的梦想起程，离开这没有前景的乡下，前往繁华的都市逐梦。火车缓缓开动，妈妈追了几步差点跌倒，我挥着手示意妈妈别再追了赶快回家，用力吼着想让她听见："妈妈你要保重自己，我会回来看你！"

就这样，我来到了台北，开始了自己的人生。

我找了一家薪水还不错、又供食宿的建筑工地工作，心想反正还年轻有体力，只要能赚钱，辛苦一些也无所谓。

这份工作早上八点准时上工，每天得扛着砖头、水泥、钢筋穿梭在工地各个角落，偶尔还得帮工地里的大哥买便当和水……除了汗流得比较多之外，并没有什么太困难或者不愉快的地方。若真要说起来，晚上和五六个工作伙伴挤在小小的货柜屋宿舍，算是比较烦心的事。不过，在异乡的夜晚，偶尔能和同样来自异乡的伙伴分享梦想和心事，也算是在打拼的辛苦生活中让人感到温暖的事。

工地的伙食当然没有妈妈做得好吃，不过，为了实现我的理想，再怎么辛苦我都会撑过去的。

就这样，我在工地的生活一晃就是一年半，艰苦的工作让我练就了一身强壮体格，当然，也存到了一些钱。我将赚到的钱一半寄回家给爸爸和妈妈，除了是孝顺他们之外，也想告诉他们我过得很好，而且……台北真的比较容易赚到钱，比乡下的小面店好得太多了。

一天中午开饭的时候，坐在我隔壁的志伟像中了乐透彩似的兴奋地坐到我旁边说："阿明，我表哥昨天跟我说他们公司在应征干部，待遇比我们这里好，而且又轻松，不用每天都累得跟狗一样……怎样？有没有兴趣跟我一起去试试看？"

"干部？是什么公司的干部啊？听起来很威风的样子。"我一边咬了一大口鸡腿，一边疑惑地问着。

"帮帮忙！大哥，不要跟我说你没去过酒店！你们南部人很纯情啊！"志伟的眼睛睁得老大，因为讲得太激动，嘴里的饭粒还不停地喷出来。

"真的没去过……干吗大惊小怪？不过……我可以跟你去，只要能赚钱的工作我都想试试看，管他什么干部不干部的。"我没多想，仍是一边轻松地啃着鸡腿一边说着。

"一言为定！那我就请我表哥帮我们安排，咱们兄弟一起去闯闯，离开这个真不是人待的鬼地方！呸！"

志伟恶狠狠地朝地上吐了口口水，用行动表示他对这里的厌恶。但我倒觉得他很夸张，这里没他形容得这么不好，虽然累了一点，但是日薪比起便利商店实在好上太多。况且，这里不会是终点，只是前往成功路上的某一个中间站而已，我知道自己要什么，所以，一切正朝着我的人生规划在走。

* * *

跟志伟的表哥约见面的地方，是一间非常华丽的酒店 KTV，从一进门口开始所见到的景象，都让我惊讶到合不拢嘴。

“表哥，这就是我跟你说的阿明，跟我一起在工地上班。”志伟毕恭毕敬地跟他表哥介绍着，看起来，他好像对这位有一点年纪的表哥相当敬重。

“阿明是吗？”表哥一骨碌从沙发上跳起来，不停上下打量着我。“哈哈哈哈，不错、不错，小伙子长得挺帅，体格也不错……在工地上班可惜了，就过来跟着我们一起做吧！保证不用多久，就能让你吃香喝辣。”表哥拍着自己示意着，说完便夸张地仰天长啸起来。

我不知道这份工作到底要做什么而感到有点不安，但是一旁的志伟看起来却是非常兴奋。但如果真像他表哥说的一样，这里赚钱这么快，那不正是我来台北工作的目的吗？所以，没有多想，我和志伟开始了另一段人生，从工地工人摇身一变成了富丽堂皇的酒店 KTV 干部。

五光十色的生活对我这个乡下小孩来说实在是太有诱惑了，每天和来这里的三教九流人士交际应酬，靠着大老板们的打赏加消费业绩抽成，真的让我赚到了不少钱，也认识了不少商界老板。我的生活开始变得不一样，我的世界也开始起了变化，悄悄地朝我设定的目标的反方向走着，然而，当时的我却迷失在花花世界里而不自知。

当我穿着高档服饰、开着跑车，载着在酒店认识的女朋友出手阔绰地到处玩乐时，我以为自己得到了全世界，事实上，一直支持着我、给我全世界的力量正一点一点在瓦解。

从那之后我很少再回家了，除了很难跟爸爸、妈妈解释我的工作究竟是在干什么，还有就是习惯了荣华富贵的生活，我实在很难忍受什么都没有的贫穷。所以，面对爸妈的关心叨念，我只有越逃越远，只用不知道什么时候可以实现的话来敷衍妈妈，心虚地告诉她有空我会回家。

每次妈妈打电话来，不是白天我正睡得香甜的时候，就是傍晚我开始要上班的时候。所以，我总是匆匆地讲几句话就挂了。

“阿明啊，你什么时候要回家？妈妈有话跟你说，很久都没看到你了……你过得好吗？每天都能吃饱吗？”电话那头是妈妈期待与关心的口吻。

“有啦！妈妈，我在忙啦！过几天再打给你啦！再见……再见、再见。”匆匆讲完之后我就挂上了电话，完全没有机会让妈妈跟我说再见。

这样的情景总是反复上演，但妈妈总是不气馁地打来，有时碰到我心情不好的时候，还会用恶劣的口气跟她说话，觉得她很烦。

这样的生活我过得很开心，不想让爸爸跟妈妈来影响我。当然，我也没忘记当初来台北时，自己说过要买房子给他们住、好好孝顺他们的承诺，只是兑现的时间往后拖延了一些而已，过些年，我一定会实现我说过的承诺。我，现在还没打算从这段美梦中醒来。

* * *

“阿明，快来啊！店里出事了，小虎他们那群人来店里闹事！”电话那头志伟的语气相当紧张。

正在穿衣服准备出门上班的我一听到这种紧急的电话，赶忙抓起桌上的外套和车钥匙就往外冲，火速开着车往酒店方向赶过去。

车子才一停在门口，志伟就跑过来说：“那些人带着家伙来抄店，表哥还没过来，怎么办？”

“跟他们拼了！”

也不知道哪里来的勇气，我随手抄了根铁棍就往店里走，看见对方的人不由分说就是一阵猛打。霎时间，酒店里杯盘与棒棍齐飞，还不时传来小姐们的尖叫声和男人的叫骂声。

不知道过了多久，有人冲进来大喊道：“警察来了！”有些人开始逃窜，有些人还在继续打斗。这时，志伟过来推着我说：“走，从后门快走！”

我像是回过神似的，丢下了手中的铁棍，跟着志伟从后门溜走，逃离乱哄哄的闹事现场。

一路没命地往前跑，来到一处热闹的夜市，而汹涌的人潮让我和志伟走散了。我搜寻了一下，看不见他的身影，倒是看见路人看我的异样眼光，我赶忙把袖子拉下，遮住手臂上滴下来的血。

我决定先逃回家，避避风头看状况再打算。

回到家中，我到浴室冲洗脸上的血迹，抬头看看镜子中的自己，突然有一种“自己到底在干吗”的悔恨。

警察会不会找上门？我会不会被抓去坐牢？那爸爸跟妈妈要怎么办？我该怎么对他们说？

这几个问题反复在我脑海中闪过，害怕加上后悔让我跌坐在浴室地板上啜泣了起来。

不知道在什么时候睡着的，醒来的时候我只觉得浑身疼痛，几处伤口的血还未干。忍着痛楚，我把自己好好从头到脚冲洗了一番，仿佛要洗去这些懊悔的事情般，不停冲着水刷洗着。

洗完澡后，我战战兢兢打开电视看新闻，想看一下是不是有昨天发生的斗殴事件的消息。果然，整点新闻播报里的社会新闻播出了昨天酒店发生的斗殴事件，而且……让我感到头皮发麻的是，荧幕上出现的几行字：发生在台北市大亨酒店的斗殴事件，目前有一名人士死亡，警方获报后赶到现场逮捕了几名滋事少年，但仍有党羽在逃，警方表示将成立追查项目小组，全力缉凶……

画面上出现的死者照片正是……小虎。惨了！这下我真的毁了……

正当我脑袋眩晕、一片空白的时候，门铃声响起。犹豫了许久，我还是将门打开……

“请问你是林绍明吗？我是刑事组的，有个案件要麻烦你跟我到局里说明一下。”对方亮了证件，说明来意。

“好。”卡在喉咙里的话，非常吃力才挤出来。

此时，我的电话响起，是妈妈打来的。我向警察请求让我讲完这通电话再走。

“喂？妈妈！”我的声音有些颤抖。

“阿明哦，我昨天看电视好像看到你，你是不是发生什么事情了？妈妈一整个晚上都睡不着，想说是不是我看错了？”妈妈紧张地问。

“妈妈，没事啦！一点小误会而已，我只是跟朋友去唱歌，刚好遇到这种事，我什么都没做啦，你不用担心我，等我跟警察解释清楚就没事了，我会回去看你哦！”不知道结果究竟会怎么样，但我还是选择说善意的谎言让妈妈先安心，不要再为我担心。

这次我没有急着挂电话，反而很想再听听妈妈的声音。

除了要妈妈别担心之外，我还叫她要好好照顾自己和爸爸，并且告诉她我很想她，会找时间回去看她。

这次我说的是真的，但是不知道还来不来得及？

* * *

一场斗殴事件，我为“义气”这两个字所付出的代价是三年的刑期，而且听律师说，志伟是在表哥的唆使下把我供出来的，以换得他们减轻罪刑。

我的梦醒了，彻彻底底地醒了，华丽富裕的生活并没有为我带来快乐，甚至还留下了我永远无法弥补的痛。

出狱后，我毫无眷恋地回南部老家，想要看看年迈的父亲跟母亲。这些年不见，不知道他们过得怎么样？身体是否还健康？

在狱中我写给爸爸、妈妈的信从来没有回信，我也不意外，因为没念过多少书的他们识字有限，我只是想要抒发对他们的思念，以及告诉他们我年少不懂事的悔恨。

几年来的思念，让我恨不得插上翅膀回到家里。可是，回到家看到的景象却让我不敢相信，也不愿意相信。

躺在床上骨瘦如柴的妈妈被病痛折磨得不成人形，爸爸说，妈妈的情况很差，有时候会对着天花板喃喃自语，有时候则是昏迷着睡睡醒醒，有时候也会不认得身边的人。

我再也忍不住心中压抑的思念与眼眶中的泪水，飞奔到妈妈身边紧紧抱着她说：“妈妈，我是阿明，我回来了！我终于回来看你了！这一次我没有骗你，你的儿子阿明回来了！妈妈，对不起！”

我哭得不能自已，也非常恨自己，为什么不懂得好好把握跟父母相处的时间，非得去追求那些根本不需要的虚伪的幸福假象呢？

父亲在一旁偷偷拭泪，没有多说什么，一如往常，他总是沉默、不善言辞。但是，经过这一次后我才发现，原来看起来木讷老实的他，就是用这种方式守护着他的家，他所给予的虽然不华丽、不富裕，却让人因为踏实而备感安全温馨。

这一刻，我终于体会到父母对子女的爱是多么伟大及宽容。

或许，妈妈一直在等我回来才愿意离开，所以在我回来没多久之后，她就离开了我和爸爸，到另一个世界去了。

我决定留下来跟爸爸一起守着这间面店，这间充满了爸爸和妈妈还有我小时候回忆的面店。爸爸常跟我说：“用心帮别人煮一碗面，他会吃到你满满的爱心与诚意。”就像小时候我吃到的汤面一样，总是这么好滋味，这么令人回味。我想，这种充满爱与传承的小面店，或许就是父亲一直守护着它的原因。

我现在终于懂得了幸福的滋味，原来就是品尝别人对你付出的用心。

河堤旁伫立的小面店，对我而言，才是人生中最美丽的风景。

不再孤独

长久以来，我寻找的不是一个人，而是一盏亮光，我终于明白，我要寻找的那个人不是Kelvin，而是每一个晨昏和我同行并进的人。他可以遥在天边，也可以近在咫尺，用任何方式让我随时感到温暖。

敬这个仍然交际应酬不断的不夜城，而我，将不再孤独。

一

在同一座城市里被迫失业三次是什么样的心情呢?

第一次失业的原因是遇到了一个色老板，他从一开始就对我不够女性、不够温柔体贴非常介意，再加上那一年我正好剪去留了多年的长头发，使他一直耿耿于怀。

终于有一天，他忍不住把我叫了过去。“如果你留长头发，一定非常性感。”他眯着眼睛笑嘻嘻地对我这样说。我为此受到严重的惊吓，于是，隔天我就以感冒为由请无限期病假，直到他在第四天打电话来问我说:“你是病到要我去探望你，还是已经不堪这个工作的负担了呢?”

这个暗示已经明显到像是明示。

所以我辞职了。

第二次失业的原因比较单纯，就是这个工作需要大量加班。在这家公司里，我平均每一天都要加班到晚上十一点为止，结果通常在我收拾完东西回到家里的时候，都已经过了午夜十二点。

加班费当然非常诱人，但是碍于我一直相信“鬼魅在午夜十二点之后会出现”的阴影，所以我又辞职了。

恐惧和不安是我前两次失业的原因。我的朋友对我说，我当温室里的花朵太久了，所以才会连这么一点点的心理威胁都过不去。身为一个现代女性，我们必须要把内心的恐惧降到最低，因为已经没有男人可以依靠了。

她们一致不相信男人，就算是相信了男人的现在，也不相信男人的未来。总之，在她们的心目中，男人是一种没有办法被相信的欲望生物。

至于第三次被迫失业，则是和恐惧感无关。可是这次更让我看清楚了自己有多么不适合独力生存在这个社会上，因为我不但有恐惧，还有愚昧。

那一天，夏天还没有结束。

从那一天早上开始，整整一天我都没有做什么事情，只是像猫吃着食物一样，一点一点慢慢收拾着我留在办公室里的东西。

那一天，我没有跟任何人说话，也没有任何人来跟我说话。虽然这一天当中我曾经瞥到一个一度跟我还蛮要好的同事，我一度欣喜地（虽然我不知道在被解雇的时刻何来欣喜的心情）想要站起来跟他打招呼。但是才刚要起身的时候，身体又不知不觉缩了回去，反而压低了头和身体，让他的视线和我的视线不会太自然地交错在一起。

因为远方的主管正在盯着我，用眼神在督促我收拾东西，并且，像狼一样搜寻着我的“同党”。

同党？我上下左右瞧了一遍，非常庆幸我并没有任何同党。我真为那些非常冷漠的同事感到庆幸。

临走前，那个“黄鼠狼”主管不知道什么时候已经走到我身后来，神色严肃地确认我是否只带走该带的东西。随后，他的脸色立刻转为和蔼。

“以后要小心一点，知道吗？脾气别那么冲了。”他对我说。

这个被我当着全办公室人的面骂过的人。

我觉得我是错了，错在我只是一个小角色，并且在脾气上来的时候完全忘记了这一点。

至于对他，我可是一点都没有骂错。

没担当、没勇气、祸害人群的小人！啧！我觉得还没骂过瘾。

从此之后，我得了一种叫忧闭症的病，上班变成一件好困难的事情。而且，我宁愿和朋友拿着电话聊天，也不愿意去和他们见面。常常缩在床边的一角，想着该吃饭了，想着该交稿了，想着该洗澡了……结果多半是停留在想着，就这么想了二十四小时，连睡觉都还半梦半醒地想着。

城市离我越来越远，越来越陌生……

二

接下来的日子，独居的我开始过着更孤独的生活。没有工作，就等于是连一个可以客套的客户也没有，我时常一整天都不说一句话，电话铃声总是不会响起，连我养的猫咪也变得异常安静。

我去逛百货公司和便利超市的次数越来越频繁，负债数字也越来越惊人。我从那些繁华的衣服、美丽的鞋子和高贵的珠宝，一直买到花花绿绿的零食糖果，而其实对这些我一点都不感兴趣。每一天我从百货公司回到家里，就把手上的提袋往床上一丢，接着一个星期，我都没有见过新鞋子或者新衣服一面。

我想，我只是着迷，着迷且珍惜于每一次和售货人员的对话，在那一刻把因为我掏出信用卡而笑容可掬的她们当成是朋友，即使每一句话都是充满势利虚假，也能稍稍安抚我过于寂寞的心。

我并没有什么朋友，身在这个交际应酬不曾间断的城市里，我竟然只是一个拥有一只猫的人，格格不入地请求这个城市容纳我这个矛盾的存在。

我曾经有过一个非常深爱的人，只是他已经离开了这个城市，并且和我距离非常遥远了。

他偶尔会打电话给我，但说的都是他自己的事情。

“你好吗？”

“嗯。”

“听起来好像不太好。”

“哪有？我真的很好。”提高的音频可以令人更信服，我看着小木桌上的泡面，假装高兴的情绪底下埋着深深的心酸。

不是因为吃泡面而心酸，而是因为他比起陌生人更为残酷的虚假问候而心酸。我们曾经非常亲密,所以像“你好吗”这样子的话，不应该是由曾经跟我很亲密的他拿来问候我。

这不应该是他对我说的话。

可是他都是这样问我，他总是在稍微靠近之前，就着急地把城墙盖起来，画好我们之间的距离，像是小时候玩游戏的规则。用粉笔在地板上画了几个格子，当“你好吗”说出口的时候，就像是宣示“这就是你我的界线”，越界就输了，避免我们不小心再燃烧起来。

当然我也可以视规则于无睹，就像他偶尔高兴的时候也会自动把地面上的粉笔线抹掉，耍赖地推说：“规则都不算，我们爱怎么玩就怎么玩。”

可是我做不到。做不到的原因是我懦弱，当他不想违反规则的时候，我耍赖是没有用的，因为他不会听从我的指挥，只想一个人订游戏规则。

他是个从一而终的暴君，我总是这么说他。

“我不太好。”这才是他想说的发自内心的话，他受到苦难尝到挫折了。他知道当全世界的人都骂他的时候，只有我还会安慰他，还会理解他的错误。

“怎么了？”

初秋从窗口吹来的一阵冷风，稍稍安抚了在深冬出生的我。总是到天气微凉的季节，我才能够松一口气，就好像是我来到世界上那一刻，无可奈何地接受感叹一般。

“嗯，没有什么，只是和办公室的人处得有点不好。”

“脾气别那么冲。”我这样对他说，想起了曾经的某个夜晚，他残忍地吼着不肯分手的我。

他对我说：“像你这样子鲁莽的女人还懂爱人吗？”

因为我在第一次失业的时候跟他提了我想要结婚，他觉得我非常任性。他说我完全没有顾虑到他的感受、他的生活压力、他的家庭压力，他还没有能力当我的饭碗，也不想要当饭碗。

但是我很快就停止“我是不是一个鲁莽的女人”这样子的反省，因为我在分手的第二天就看见了他和另一个可能比较不鲁莽的女人走在一起。

在我升官前的一个星期，我骂了我的小主管，因为一次迟到，他竟当众向所有同事暗示我的夜生活糜烂。

在我得到人事处的小道消息，知道我其实即将升官并且又因为这件事情急撤回人事命令之后，我也停止了对于自己“我是不是一个糜烂的女人”这个反省。

都是我的错，我不需要反省，因为是不是我的错和我所做的事情有没有错并没有关系，而是那本来就是我的错，错在我和那些指责我的人发生了利害关系。

“我知道。对了，我有MSN，你要不要也去注册一个？那样以后我们就不用讲手机了，电话费好贵。”

那一天晚上，我去注册了一个MSN。

我输入了他的名字“Kelvin”，但是，出现太多“Kelvin”，所以我没能将他加入联络人当中。而他，也没有搜寻找我。

总是这样的，当他沮丧的时候，就当我是一个安抚他的镇静剂，随即他的心情好了，就又像是一只蝴蝶到处飞去。

他会飞去哪里呢？我无心过问，也不曾知道。他曾经对我说过太多谎言，说到最后，我已经连发问都懒了。如果所有的答案都是配合问题捏造出来的，那么问了又有什么意义？他对于谎言的创造力对我而言一点价值也没有。

我不曾打电话给他，当他不需要我，就是不想我出现的时候，我静悄悄地像是一颗石头。我和他分手与否的差别只在于，这样来来去去的戏码上演频率越来越少而已。我们的互动像是一个钟摆，差不多要归零了，只是谁也没有能力立即就定住它。

我时常感到奇怪，即使每一天地球这样运转、每一天我这样子走在街头，而实际上，我是不是根本不曾存在于这个城市里？所以我总无法和人正确交集？

两天之后，一个同样叫Kelvin的人出现了，他坚持说是我先邀请他加入我的联络人的。

“怎么可能？”我在荧幕上打出了我的辩解。“我要找的人是二十七岁，你才二十二岁，怎么会是我要寻找的 Kelvin？”

对方愣了一下，直到我以为他要打退堂鼓了那么久。

“开玩笑的啦。”他打出了这一排字。

“什么开玩笑的？”

“我故意打的，”他说，“反正网络上的资料就是这样随便填，它又不看你的身份证。”

“你是 Kelvin？罗可颂？”

“不然还会有谁？”加上一个该死的笑脸。

“我以为是陌生人，吓死我了。”

“陌生人有什么好怕的啊？聊聊天而已。你的朋友一定很少吧？”

“你知道的，我不懂跟人相处。”

“所以每天吃泡面吃到面黄肌瘦。”

和你分手之后，我已经瘦了十几公斤了。

他见我没有回应，又打了一行：“一个人不敢上餐厅，又不喜欢吃路边摊而被来往的人盯着看？”

“很寂寞吧？”再一行——命中红心。

“不会……习惯了。”我说。这世界上没有什么是不能够习惯的，我深深相信。

“没有工作了吗？”

“更正，是又没有工作了。”

“哈哈哈。”

“你少幸灾乐祸了。”

“我确实是在幸灾乐祸。反正你不适合工作，在职场里只会更痛苦。你难道不觉得，失业之后，除去经济压力之外，你比较快乐。”

“你了解我？”

真是不可思议，我和罗可颂交往了三年，一直到分手的那一阵子，他还是坚持要我参加他的所有饭局，完全不能理解我在人群当中的莫名惊慌，却总说我是想太多。

“是的。”

罗可颂变了。

这一年，初秋没有很久，约莫只过了一个月浅浅的凉，我就把棉被搬出来了。

浪漫浅尝即止，该冰冷的总是要冰冷，与其担心溺于虚幻的美感，不如让幻影破灭，提早接受现实。

三

罗可颂没有再打电话给我，但是每天晚上，他都准时坐在计算机前和我对话。

这个城市依然寂寞，我依然没有工作，依然在城市里来来去去，忍着负债的压力继续寻找美丽的衣服和鞋子，以及高贵的珠宝和皮包，没有停歇。但是我和售货人员的对话变少了，因为这么久以来，我第一次觉得像漂泊的船找到了灯塔，心里笃定了许多。

我万万没有想到是因为罗可颂，当我们交往的时候，他没有给过我足够的安全感；当我们成为朋友之后，他也没有给过我多少支持的力量。他是我深深爱着的人，可是他却不曾让我感觉因为爱他而心里踏实。

但是我的生活改变了，不能否认是因为他。每一天，我宁愿窝在电视机前面看着电视，等着他上线，也不愿意出去闲逛，或者和店员聊天。

因为罗可颂竟然像是变了一个人似的，竟然很少提到他自己，反而常关心我的近况。

基于长久以来对于他的了解，以及我们之间长久相处培养出来的对他的不信任感，我产生了一种矛盾的心情。

一个已经不爱你的人会因为寂寞而再度爱上你吗？或者，一切都只是因为寂寞和回忆在作祟，竟然让两个人的心比相爱的时候更靠近了？

“你找到工作了吗？”

“没有。”我抱着泡面回答他，“我想结婚。”

说出了这一句不经意的话，我竟然被自己吓坏了！

我立刻想到那一次跟罗可颂提说要结婚的事情，他对我张牙舞爪、大声斥责的样子，我打了个冷战。

我居然敢在再度失业的时候又跟他提了一次要结婚的事情。究竟是一时之间的温暖让我忘了他有多恨结婚，还是我自己对结婚的欲望太渴求了，才会脱口而出这句话？我一时之间也搞不清楚，只能赶紧补充。“我……我……我只是开玩笑的。哎……你也知道，女生失业都会这样子的……我身边的每一个朋友都是这样。这是口头禅，你别生气、不要介意。”

“那么，是有对象了吗？”他打岔地问我。

“没有……所以我说是开玩笑的嘛。”我继续强调自己并不是满脑子都在想他最讨厌的事情。

“或许不用开玩笑，可以认真一点计划哦。”他在句点的地方画了一个微笑。

“神经，结婚可是人生大事啊！怎么可以在这种失意的时候乱决定！”

“没有那么严重啦，”他说，“只是一个生命的历程而已，总是要遇见一个人去完成的。”

“问题是，没有那么容易找。”

“你一天到晚躲在家里，难道对象会像陨石一样突然掉落在你的房间里吗？”

“我相信他会找到我的。”

“如果他也正在等待你寻找他呢？”

“那么，我相信只要地球还在转动，我们就一定可以遇得到。”

“果然是天真的小女孩。”

“我已经二十六岁了。”

“但仍然幼稚，像二十二岁，还在信仰，信仰一种冥冥中的浪漫力量。”

“那么，你信仰吗？”

“我……当然信仰。”

接着他问。“现在是凌晨三点钟，你怎么还不睡觉？”

“我隔壁的房间总在夜里发出一些声音，再加上我偶尔心烦，就会睡不好。”我反问他：“那你呢？你这么晚都在做什么呀？”

我记得罗可颂不是夜猫族。

“我？在工作。”

“三更半夜？”

“对呀，责任制的，没有办法。还好，有你可以陪我聊天。”

四

我会失业其实都是因为新来的邻居引起的。虽然这样子的说法有点欠妥,但我还是会忍不住讨厌他。如果不是他老是在半夜活动，我也不会因为失眠而晚睡晚起，更不可能因此而招来小主管的羞辱，导致我和他起冲突，再硬生生换来一个“犯上”的罪名，升官和工作同时从我的人生中飞走。

我没有见过新来的邻居，在我还有工作的时候，朝九晚五的我和半夜才睡觉不知道什么时候会醒过来的他总是没有机会遇上。

在我失业之后，我们的作息时间就比较接近了。有一天，我正要出门的时候，在前三秒钟听见隔壁开门的声音，于是便急忙穿好鞋子，想冲出去看他的真面目——这个害我失业的罪魁祸首。

我冲出大门，跟着他飞奔而下，直到一个妙龄长发女郎错愕地回头看了我一眼。

我呆了一下，为了抚平尴尬，只好给出一个憨厚的笑容，表示我并没有什么恶意。同时，也在这一刻，我发现了自己的行为非常唐突。追着要看一个陌生人的庐山真面目是什么心态？对方又不是大明星！难道是因为失业令我的好奇心加重，并且无聊过了头吗？我既然不是想找他理论为什么半夜不睡觉吵得我也不能睡觉，又不打算提出抗议，只是单纯想要看看这个夜猫子邻居是什么样子，就因为这个理由我居然焦急地追着一个人跑？想到这里，我更不好意思了。

“我……”我指着电梯，解释自己唐突的行为。“怕电梯跑掉了……才会这样跑，你知道，一楼到七楼要等好久，我赶时间……”

女郎听了我的解释之后，脸上的疑虑才转为释然。

“没有关系，我只是吓了一跳。”

“不好意思。”

“哦,没关系。”她说完这句话,就拿出粉盒自顾自补妆起来,“你住哪里呢?”

“你隔壁。”

“嗬,”她听了，愣了一下，然后忍不住一笑，“哦，你是阿时的邻居呀。”

“难道你不是我的邻居吗?”

“当然不是,”她又笑，“我结婚了，住在大直。阿时是我弟弟，他才是你的邻居，虽然我也常到这里来。”

“哦。”原来我的期望还是落空了。

不过,最起码我知道我失业的下场应该要怪那个叫作阿时的人,我的仇人叫阿时。

“他一个人住，没有什么朋友，又常常工作到三更半夜，我不常来看他可不行……啊，他半夜不睡觉的坏习惯应该没有吵到你吧?”

“没有……”违心之论。他不但吵到我，而且还害惨了我。

“那就好。”她松了一口气对我说，“唉，你知道，有这种严重脱离社会的弟弟，当姐姐的不能不多为他着想。如果他真的有干扰到你的地方，不要客气，你尽管去敲门跟他说，他可是非常善良的，只是活在自己的世界里太久了，很多事情别人不去提点他，他根本不会想到。”

看起来，她这个弟弟很令人担心，常常是得罪了人也一无所知。

这个时候，电梯来了，我们一起进了电梯。

她看起来为人豪爽，并且很爱说话，也许正因为这种性格，或者她感觉和我特别投缘，所以，忍不住又跟我多讲了两句话。

“自从 Sandy 死了之后他就这个样子，好像他也死了一半。”

“Sandy？”

“怎么啦？”

“我的英文名字也叫 Sandy……”我回答。

只是震惊，但也不能算太讶异，因为 Sandy 并不是很特别的英文名字。

“哦，那可真巧。”她继续对我说，“那个 Sandy 是他的高中同学，前两年死了。Sandy 的朋友不多，人也很安静，过着封闭的生活。唉，我常常在想，阿时现在会过成这个样子，就好像他是打定了主意要接续 Sandy 的生命活下去似的，他觉得这样子过日子，才能和 Sandy 同在，如果他去了太热闹的地方，Sandy 就会逃得远远的。”

“嗯，”真是尴尬，第一次见面就听见这么私密的事情，令我不知道如何回复才好。

“咦？”她突然对着我打量了一下说，“你长得还真像……”

像 Sandy？

但是她并没有接着说我像谁。

就在这个时候，电梯已经抵达一楼。

“真不好意思，第一次见面就把我老弟的底都说给你听。唉，我这个人就是这样啦，感觉特别投缘的人，就会特别想对他说话，你别见怪。”

“不会的。”

“那就好，希望下次有机会再见到你啰。Bye。”

“Bye。”

五

当电视上优美的和音在唱着“有 SEVEN-ELEVEN 真好”的时候，我真是完完全全、五体投地地认同，我爱死了 SEVEN-ELEVEN。

它的美好在于它够冷漠、够事不关己，因为在那个地方就算是你进去买了一打保险套，也享有不觉得尴尬的自在。在我们受到了太多虚情的监视之后，这样坦率的无情之地，反而可以让我们松一口气。

SEVEN-ELEVEN 宣告一个排除无意义注视时代的来临。它是一个车站，一个人潮来往不断的车站，所以它必须一再把来往的人给忘掉，吐出来，然后才能继续堆出新的笑容来迎接下一个旅客。

除了 SEVEN-ELEVEN 之外，我也发现了这个城市有越来越多的车站，例如，我最爱的百货公司。

我喜欢那种认钱不认人的地方，因为那里非常安全，安全到即使你边刷卡边挖鼻屎都不会有人对你心生不悦。

在罗可颂之后，我就没有再交过男朋友了，反正我长得并不特别漂亮，被人追的机会并不多，于是过起独居的日子也就特别自在。偶尔还会感觉非常庆幸，因为我不需要再讨好任何一个人了——只要我继续没有什么朋友，只要我不常常回老家。

拥有罗可颂的时候是非常快乐的，毕竟他是我梦寐以求的男朋友，他长得很帅，做事情很果决、很有男子气概。和他在一起的时候，他决定了我大部分的生活，当他在我的身边，他就支配着一切；当他不在我的身边，我对他的思念也一直牵引着我大部分的生活。

当我们分手之后，有整整一年的时间，他还是继续以我对他的思念支配着我，直到这一年我完全习惯了他不在我的身边，所以即使有的时候他突然出现了，也不能够再影响我什么了。

我安于这得来不易的自由。

有一天中午，我又去SEVEN-ELEVEN解决我的午餐，步骤是泡面、喝奶茶、绕回柜台附近偷看一下当日的报纸，然后结账。

当我在做第三件事情——偷看报纸的时候，才发现有一个男孩子已经跟着我从第一个步骤做到第三个步骤了。

“罗……”差一点冲口而出认他，但随即发现他那一双错愕的丹凤眼，赶紧作罢。

“Sorry！”

他长得真的很像罗可颂，一样的身高、发型、脸型，至于五官，差别在于他的嘴唇比较厚，而且他的眼睛不是罗可颂那一种非常桃花的大眼睛。

我们对看了一眼，然后彼此忍不住笑了起来，同样的，碗面上压着奶茶，我空出的左手和他空出的右手都在翻报纸。

就在这个时候，当我们似乎都要说什么的时候，他的手机铃声响起了。于是，他给了我一个说不出是什么意思的微笑，丢下手边的报纸接手机。

“怎么会？我测试过好几次都没有问题啊！”他说。

这个时候，我已经在结账。

“好吧，也只能这样。”

等我走出SEVEN-ELEVEN的时候，他匆匆从我的身边跑过去。

我凝视着他的背影渐行渐远，突然很想知道他住在哪里，我们是不是还有机会再见面呢？

我把这件事情告诉了罗可颂。

“我今天遇见了一个男生，他长得好像你。”

“像我？”

“是啊，除了眼睛以外，其他几乎都很像。”

“我今天也遇见了一个女生，她长得好像……”

“像谁？”

“一个老朋友。”

“是吗？是什么样的朋友呢？”是你过去的女朋友吗？

“一个……我蛮想念的朋友，认识好多年了。”

“这世界真的很奇妙，居然有长得那么像的人呢！”

“我也这么觉得，当我看到她的时候，真的吓了一跳，我不太可能再遇见的人，怎么会被我遇见呢？”

“这个城市真是无所不能。”

“你最近还被你的邻居吵到不能睡觉吗？”

“是啊，走着瞧吧，我准备要卷起袖子去向他抗议了。”

“拿扫帚、畚箕吗？”

“对啊！”

“你忍耐他多久了？”

“一个月，整整一个月。”

“说真的，你应该一开始就去对他抗议的。忍耐了那么久，积怨已深，这样会更冲突。”

罗可颂，你以前不也是这样子处理事情的吗？

“那你认为我应该要怎么办？”

“我认为你应该带一个苹果派去拜访，然后非常礼貌地告诉他你的困难，两个人面对面想办法解决才好。”

“你说得好像是情侣要讨论结婚一样，也太优雅了吧，我可是要去吵架的啊。”

“更正，你不是要去吵架，你是要去解决问题。”

“Kelvin，你变了，这一点都不像你会劝我说的话和做的事情。”

“是吗？那你认为 Kelvin 应该是怎样的人呢？”

“骄傲自大、自私自利、野蛮暴力。”

“有这么糟吗？”

“除非你要听的是谎话。”

“其实……”

“其实什么？”

“没什么……可能是你误解了也说不定。”

“几年的感情可不是假的，我真的很了解你。”

“是吗？几年……”

“你现在有女朋友吗？”

我居然也因为罗可颂态度的改变而改变了，以前我根本不敢对他问出这样的话。

因为害怕尴尬，因为担心听见答案。

我们之间虽然曾经非常亲密，但是总像隔着一道无法跨越的墙，各自隐藏着许多情绪。

我和他之间没有道路可以通行，无法听见彼此的心跳，感受不到彼此。

可是，经过这一两个月网络上的交谈，我竟然感觉从前阻隔我们的那一道墙似乎被打破了，我们的身体、言语都不再亲密，可是我却清楚感觉到我们的心好靠近，靠近到……已经没有什么令我们尴尬或局促不安的话题存在了。

“没有。”

“为什么没有？”

“为什么要有？”

“不是，总觉得……你不应该没有。”

“也许吧，我应该拥有。”

“我们在说什么？我有点糊涂了。”

“我说我应该拥有一个不错的女朋友才对。”

“真像……”

“什么真像？”

“这才像是罗可颂会说的话。”

“什么话？”

“骄傲自大。”

“真是！先不聊了。今天帮公司弄的系统出了一点问题，我答应明天一早弄好，所以……”

“没关系，反正我也累了。我明天也有事情要早起。”

我的事情就是——去找隔壁那个害我失眠的蠢蛋算账。我知道他都是白天睡晚上吵的，为了报这一箭之仇，我决定趁他正熟睡的时候去敲他的门，找他算账。

六

第二天我起了个大早，九点钟起床。

这算是我所有不上班的日子中起得最早的一天了，早到让我感觉有点像在虐待自己。

说起来，报复别人这件事情真的是得不偿失，常常连自己都要拖累下去的。

我难得在不上班的日子化了一个非常完整的妆，并且穿上了要去相亲才会穿的正式洋装，而这一切竟是为了要打扮得完美无瑕，然后去对我那从未见过面的邻居抗议。你如果要问我为什么，因为这是气势和面子问题。

正当我快要上完睫毛膏的时候，突然听见隔壁传来重重的一声摔门声音。“嘭”的一声，吓得我差一点化了个熊猫眼妆。

我拿起面纸擦掉涂到眼睑上的睫毛膏，心里正不爽地嘀咕着，却立刻想到，不对，刚才这个重重的摔门声音会不会是他？难道他已经出门了？想到这里，我加快速度把自己打理好，然后匆匆出门，站在隔壁邻居的门前深吸了一口气。

首先，我谨慎地敲了两下门。

没有回应。

再用力地敲两下门。

仍然没有回应。

很好，我显然又扑了个空，看起来我和这个邻居非但结下梁子，而且我们两个人还是超级没有缘分的两个人。我在心里咒骂着他，却无缘当面请他收敛一点。

既失望又郁闷的我，回到自己的房间里转了几圈之后，发现窗外的阳光十分温暖，也就暂且丢下回床上睡回笼觉的念头，决定去找寻早餐了。

已经许久没有吃早餐的我，不知不觉中还是循着午餐的模式来进行早餐仪式。是的，我又一脚踏进了SEVEN-ELEVEN，在迷宫似的走道里面寻找食物，它们对我来说只是食物，没有早午餐之别。我抱了一个肉松御饭团、一瓶奶茶，很自然地走回柜台旁边的报架，蹲下来伸出右手要拿一份《中国时报》。

就这么巧，此时突然有另一只手搭上了我的手，让我好像从睡梦中惊吓过来，惊慌地弹开。

我的手还愣愣地待在那里，意识却已经清醒。

我猛一抬头，和另一双因为受到惊吓而错愕地望着我的双眼相逢。

“啊！”我们对看的同时都喊出了同一个字，因为认出了彼此。

“咦？”当我们的眼光游移到彼此手上时，又因为发现买的东西一模一样而又发出了惊奇的声音。

最后我们不约而同笑了出来。

是的，他就是我前一天才遇见的，那个长得很像罗可颂的人。

“你住这附近吗？”

“哦，”我有点措手不及，为什么我会有措手不及的感觉呢？也许是因为我觉得跟他对话应该是一件很慎重的事情吧，慎重到我很难感觉自己已经做好准备，“是啊。”

我为什么要有这种感觉呢？我又不认识他，难道只是因为他长得像罗可颂，所以就让我紧张了起来，无法平心静气吗？

“那你呢？”我立刻反问，因为我想要知道我是不是有机会常常在这里遇见他。

“哦，是啊。”他对我说，“真巧。”

当他说完了这句话之后，我们几乎是同时脱口而出说：“昨天……”然后一起笑了。

这个时候，他的手机铃声又响起。“不好意思，我接一下电话。”他对我说。

我对他微笑，决定站在原地等他讲完电话，我想……我想……我想多认识他一点，甚至想要知道他究竟住在哪里。

所以我就这么站在原地看着他讲电话，也听着他讲电话。

“有，我已经……”他这通电话似乎讲得很吃力，对方看起来很难缠，“真的，我昨天熬夜赶好了。对，你们要修改的地方我也都改好了。”

“测试？我怎么测试？我得今天早上……等一下才能测试。不会，就算还要修改也不用太久的时间，对，我保证。”

“多久的时间才到？”他走出了玻璃门，“三十分钟吧，我想……”

他居然就这么伸手招来一辆出租车搭上去了！他……连手上的东西都还没有付钱啊！

店员也呆了，等到我们两个呆住的人互看了一眼后，出租车和那个像罗可颂的人早已经消失得无影无踪。

我和同样无辜的女店员互盯着彼此，不知道怎么会遇见这样的事。

“他……是我的朋友，突然有急事要办，”我无奈地拿出钱包，对着无辜的女店员说，“我来帮他付好了。”

七

在这个世界上，我有两个致命伤。

这两个致命伤一旦出现了，绝对会让我丢盔弃甲、落荒而逃、溃不成军。

他们分别是罗可颂和壁虎。

是的，其他的事情都好商量，唯独这两件事情不能够商量，没有余地。我和他们一旦并存，总是死伤惨重。

那一天晚上，罗可颂并没有上线，但我还是待在沙发上看了一整个晚上的电视直到凌晨十二点多，感觉他今天应该不会出现了，才准备关机睡觉。

正当这个时候，我的身体却一动也不能动了。

因为我的视线瞄到了一只壁虎，我凝望着那一只壁虎，冷汗直流。它站得并不高，位置大概就在我站起来时，和我的视线平行。

这意味着它即将进入我的生存次元，我的三度空间即将被它入侵。

我的猫已经守候在计算机荧幕上面，即将和它决一死战。

我咬紧下唇，全身发抖。

时间一分一秒过去，终于，我的猫耐性用尽了，决定先出击。

当它那一掌打下去之后，壁虎立刻应声跌落到地面，开始满地挣扎地爬。

我没有办法再忍耐，于是放声尖叫。

这一声惨叫把左邻右舍都吓坏了，左右邻居的灯光一个个亮起来，大家准备来一探究竟。

我没有办法去管接着要面临到什么样的抗议，我满脑子只想着要如何逃出壁虎的空间。

我打开大门正准备要往外冲，却一个不小心撞到了人，还撞个满怀。

那人抓紧了我的肩，关心地问着："发生什么事情了？小姐！"

我这才稍微冷静下来，发现我家门口多出了四个人，每个人都穿着睡衣，皱着眉头望着我。

我惨白着一张脸，抖着声音说："壁……虎……"

没说还好，一说出口，流弹立刻四射。

"小姐，你行行好吧，都几点了？"

"我明天还要上班啊，你这么晚不睡，跟我们搞这种惊悚气氛？壁虎？你管它干吗，它又不会怎样。"

可是它就丑着一张脸在那里，很可怕好吗？

"你老公呢？叫你老公处理掉嘛！喊那么大声做什么？"

"我没有。"我真抱歉我这个单身祸害还没有嫁出去，露出一脸无辜。

"不然，总有个人跟你住吧？"

"……"我哑口无言。

没有人，我的世界里没有一个人，我怎么……突然意识到自己的悲惨情境。

"啧！真是的！"邻居一个接着一个说，每一个人临走前几乎都留下相同的话。

奇怪的是，没有任何一个人愿意为我解决困难，只是要我自己想办法。

似乎只有一个人例外，就是那个被我撞个满怀的人。

他起先也被我尖叫的原因吓了一跳，然后发出不可思议的笑声。

等到邻居各自回去睡觉之后，我才又听见他的声音。

"啊！什么？"惊魂未定的我一时间仍然听不清楚他说的是什

么，抬头再问一次。

“我是说，你介不介意我进去你的房间？”他的脾气很好，又对我说了一次。

“干吗？”完全是被害妄想症者的反应。

“帮你处理掉那个小家伙——壁虎。”他笑着说，我看见他那两排白白的牙齿。

“谢谢。”我不能否认我还没回过神，精神还是属于“限制行为能力人”的状态，但是我真的让他进我的房间了。

“哪里？”

“那里。”我遮住眼睛指给他看，“我的猫在它前面。”

“没有哇！”他说，“你的猫在床上舔脚。”

“不会吧？”我张开眼睛，随即瞄到不该瞄到的。

“那里……”我压抑着恐惧，避免再度尖叫，可是还是紧紧拽住他的衣脚。“它的尾巴还在跳……”天杀的！我好想哭。

“哦，”他居然还有心情对我开玩笑，“它的尾巴可能还没有发现自己死了。”

于是，他不慌不忙把壁虎尾巴捞起来丢进马桶里冲掉。他真是了不起，真的。

“好了，小姐。”

我没有听到他的声音，因为我还在观察半死不活的壁虎行踪。

“小姐，你在找什么？”

“它还活着。”

“那怎么办？”

“把它找出来，杀了它。”

“不用这样吧，它只是……”

我打断他的话。“它不只是一只壁虎，我们是不能共存的。”

“那你也可以逃离房间。”

“说得也是。”我的眼睛还没有放过扫射书桌底下，“明天它可能就逃远了。今天只是负伤躲起来。”

“如果你不介意的话，”他提议，“可以到我的房间。”

“好。”

我相信我答应的时候根本是没有什么心思地回答，因为我还在追查敌人的下落。

“那就别看了，越看越害怕。”

“好。”

“小姐！”他终于发现我根本就是失魂落魄，“壁虎走了，你应该抬起头来了吧！”

我这才惊醒，猛一抬头。

“啊！”

“啊！”

在一阵兵荒马乱之后，我们终于认出彼此，同时指着对方“啊”了一声。

“你……”

“你……”

“原来你就是……”

“原来你是我的邻居？”

“对呀，”他指着右边，“我住那一间。”

“你每天到凌晨四点才睡觉对不对？”我问他。

“你怎么知道？”他的表情看起来非常讶异。

我笑着看着他，反问他：“你以为我怎么知道的，先生？”

他想了三秒钟，然后笑了出来：“真是对不起，我不知道会吵到你，我总是习惯在半夜工作，我以为墙壁很厚，才正高兴，没有想到已经吵你那么久了啊！”

“是啊，我前天特别起了个大早要去跟你抗议！”

“前天……”

“结果我们在SEVEN-ELEVEN遇见了。”

“对对对……”

“我还帮你付钱结账，你又欠我一次。”

“哎呀！我急着赶去公司，没有想到忘记付钱就上了出租车，真是糟糕。”

“你今天帮我，我们就算是扯平了。”

“那……那……”

“什么？”

“你的手可以放开了吗？我的手臂可能瘀青了。”他苦笑着说。

我这才发现我始终紧抓着他的手，真是尴尬到了极点。

“那么……晚安。”我对他说。

“哦,晚安。”他转身向着门口的方向,“如果有什么我能帮的话，可以随时……你知道我很晚才睡觉的。”

“好……好。”

“应该没有其他人能帮你了吧？”

“啊？”这话是什么意思？

“我在说什么，”他喃喃自语，“没有，我是说，我愿意帮你赶壁虎啦。”

“谢谢。”

奇怪了，我们两个为什么都满脸通红呢？

八

世界突然间有了一点点色彩，那是一种奇妙的感觉。

就好像有一天你沮丧地走在街上，觉得世界上再也没有什么美丽的事物时，却突然发现从臭水沟旁的泥土里长出了一朵美丽的花，你说不出它的名字，也确信只能和它擦肩而过，可是，你心里就是觉得开心。

你就是开心，不需要对任何人解释这样的转折。只是因为这样一件淡如清风的事情，就已经足够将你的世界扭转成光明。

我改变了我的作息时间，完全配合隔壁那个叫阿时的男孩的作息时间。他凌晨四点睡觉，我就凌晨四点睡觉，然后我们每天中午十二点都准时在SEVEN-ELEVEN的门口见面。我可以准确地猜测到，门口“当”的一声之后，走进来的人会不会是他。

我们并没有相约，也不知道彼此的姓名，但是我们就是这样天衣无缝地配合着生活，渐渐地告别各自极度孤独的生活。

我再也不需要网络、不需要罗可颂这个旧爱的嘘寒问暖，所以之后的几个月我已经很少上网，也很难在网络上和罗可颂碰在一起了。

有一天，我和他又准时在SEVEN-ELEVEN见面了。这一天，他突然对我说：“嘿，我有没有告诉过你，你长得真的很像……”

“我知道，我的英文名字也是Sandy呢！”我故作玄虚对他说。

他当然吓了一跳：“你怎么知道？”

“我做梦梦见了一个故事。”我说，“刚好和现在的你问我的一样……怎么样，不简单吧？”

“是不简单。”他对我说，“不过这不重要，重要的是，我想问你，你准备好跟罗可颂以外的人交往了吗？”

“啊？”这一次换成我的下巴掉下来了。

“我昨天做了个梦，刚好和你现在的样子一样，比你更不简单吧？”

“不可能……”这真是把我吓坏了。

“怎么不可能……”他对我说，“当你在网络上搜寻 Kelvin 的时候就发生了，我的英文名字正好也是 Kelvin。那个时候，我一度幻想，这个寻找我的 Sandy 是从天堂来的。”

“但是……但是你怎么比我早一步发现的？”我大惑不解，“你什么时候知道？”

“赶壁虎的那天晚上，你的计算机没有关，代号 sandylight……”他说，“网络动作是在寻找 Kelvin。”

不知道为什么，这一刻的幸福竟然足以使我热泪盈眶。“不是，那个时候的网络动作是在逃离寂寞。”我说。

“是吗？那我们可能都在做同一件事情啰！”

不，不是仅仅这样就足够看见幸福，是我们都在黑暗的寂寞里，重新看见了互相陪伴的亮光。

长久以来，我寻找的不是一个人，而是一盏亮光，我终于明白，我要寻找的那个人不是 Kelvin，而是每一个晨昏和我同行并进的人。他可以遥在天边，也可以近在咫尺，用任何方式让我随时感到温暖。

敬这一个仍然交际应酬不断的不夜城，而我，将不再孤独了。

妹妹的礼物

它曾经是一个小女孩迟迟不敢拥有的梦想，如今却成了我最珍惜的生日礼物。因为如果没有它，我恐怕没有现在的人生，继续迷失在自我建筑的颓废世界里，最终失去我爱的人，留下难忘的生日遗憾。

望着书桌上的计算机，它的存在总会勾起我的回忆，有苦有甜的曾经，对我有着绝对的纪念意义。

它曾经是一个小女孩迟迟不敢拥有的梦想，如今却成了我最珍惜的生日礼物。因为如果没有它，我恐怕没有现在的人生，继续迷失在自我建筑的颓废世界里，最终失去我爱的人，留下难忘的生日遗憾。

按下开关，随着“嗡嗡”的开机声，小馨的笑脸浮现桌面，望着照片中她那张笑得天真的脸庞，我仿佛又听见了她用撒娇的声音黏在我身边叫道：“哥哥、哥哥！你要去哪？我也要去！”“哥哥、哥哥！你在干吗？陪我玩好不好？”

窗外摩托车的尖锐喇叭声把我拉回冰冷的现实，身边没有小馨黏着我，有的只是计算机桌面上那张看着我、却没有任何回应的笑脸。

我的泪无声地滴落在键盘上，一颗接着一颗。“小馨，你要赶快好起来！哥哥好想你……我们一起回到以前的快乐生活，我不会再随便抛下你了！”

小馨是跟我差了七岁的同母异父妹妹，当初妈妈带着我改嫁给继父后才生了她，所以我们两个的年龄相差了一大截。

小时候的她总是喜欢黏在我屁股后头，像跟屁虫一样跟着我爬上爬下模仿着我的动作，像个男孩子。我乐得多了一个可以玩耍的新玩伴，所以总带着她一起调皮捣蛋，每次我们拿着家里的抱枕、棉被在客厅或卧房里跑跳追逐，妈妈总会从厨房里探出头来大叫："熊智尧，你不要玩太疯，不要带你妹妹这样玩，等会儿会受伤啦！"下一秒，紧接着就会传来熊爸爸的声音："哎呀，孩子嘛！就是要这样才有活力呀！"

或许是知道熊爸爸总会挺身出来帮我们说话，或者更正确来说，是我们根本停不住玩耍的兴致，妈妈和爸爸的声音其实也不过是背景声，从来不会构成任何威胁。

然后，我们一家人会在餐桌上交换一天的生活点滴，爸爸会关心我们今天在学校里的生活，妈妈则会边将盘里的菜肴夹到每个人的碗里，边滔滔不绝地讲从邻居妈妈们口中收集来的八卦故事。不管是真是假，总之，这些趣味都是最下饭的配菜。

虽然，熊爸爸不是我的亲生爸爸，但是他比亲生爸爸还疼我。我不用再担心害怕三更半夜会听到亲生爸爸发酒疯的声音，也不用再害怕被打得满身是血的妈妈跑到我身边求救，而幼小的我却半点能力也没有，只能用小手把妈妈环抱得紧紧地，陪她等待着这场灾难赶快过去。

熊爸爸不会这样对我们，虽然他话不多，但是我可以感觉到他对我的关爱不会比对他的亲生女儿熊怡馨少，而且他也很让着妈妈，就算妈妈有时候会对他叨念，嫌他拖的地板不干净、折个衣服也笨手笨脚的，熊爸爸也好声好气地笑着跟妈妈赔不是，最后总逗得妈妈“扑哧”一笑。

总之，在我的印象里，家里几乎没有争吵，温馨和乐的感觉让我很爱这个家，也很珍惜有熊爸爸、小馨、妈妈一起共同建造的新家。

但是，快乐的梦并没有拥有太久，一场车祸夺去了我原本的快乐人生。

在我高三准备考大学的那一年，熊爸爸和妈妈去参加亲戚喜宴的回程中，被一辆高速行驶的小客车撞飞，出车祸意外死亡。我和小馨赶到现场时，简直不敢相信我们看到的一切……总爱对着我们唠唠叨叨、把关爱全都化为行动呵护着我们的父母，如今却变成了地上两具冰冷的尸体……

我和小馨没有机会再叫他们爸爸和妈妈……也没有机会再赖在他们身边像个小孩般撒娇……

“爸、妈！你们醒醒啊！不可以这样丢下我和小馨！快点醒来跟我们回家呀！”尽管我哭喊得声嘶力竭，仍无法挽回眼前残酷的事实。

小馨紧紧地抱着我，整个身体不停地颤抖哭泣，她喃喃地说：“哥……我们怎么办？哥……我好害怕……”

是呀！不要说小馨才是小学六年级的孩子，连我这个十八岁的大男生都不知该如何是好，更何况是她？

但是，现在我不能害怕，因为小馨能依靠的就只有我一个人了。爸爸、妈妈不在了，我成了小馨唯一的亲人、唯一的支柱，不管以后会怎么样，我都要代替爸爸妈妈照顾她，让她安心长大。

虽然，我也很想哭，也很想在爸妈的怀里要任性要安慰，但是，这对我而言已经是一个奢侈的梦想了。

* * *

我在十八岁时被迫长大，成了一家之主，在别无选择之下，我只能够考大学夜间部，白天半工半读赚钱养活妹妹。虽然爸爸和妈妈留下一小笔存款给我们，但是对于明天和意外究竟哪个会先到来的无常未来，我变得保守悲观，凡事总是先想到最坏的打算。因此我还是宁可努力多赚一点钱来抚养妹妹，不到万不得已，绝不去动用爸妈留给我们的那笔根本撑不了多久的存款。

而且我还有个梦想，就是除了供妹妹读书完成学业之外，还要存下买房子的钱，买一个属于我和妹妹两个人的家，不用再到处租屋，忍受颠沛流离的生活。

为了实现这个梦想，大一大二时我拼了命打工，只要有工作机会我就会去应征。有一阵子几乎是过着到处赶场打工，上课时却累得呼呼大睡的生活，但最终我在大三的时候还是选择了休学。

“哥，你用不着休学啊！我也快要高三毕业了，我也可以出去打工，爸爸、妈妈应该也会想要看你完成学业吧！”一听到我要休学，小馨从椅子上激动地跳了起来。

“我才不是为了你！我是自己不喜欢念书才有这个想法……哎呀，反正早晚都要出社会赚钱嘛，现在开始跟毕业后再进入职场……哪有什么两样啊？”我故意满不在乎地拿了一片比萨往嘴里塞，随后还抓起桌上的啤酒罐，大口“咕噜、咕噜”往嘴里灌了几口。

“你不要骗我了！你在想什么我会不知道吗？哥，我们从小一起玩到大，你什么秘密都会跟我说，我太了解你了，你只是想牺牲自己的幸福来成就我而已！我不要你这样子！虽然我很感谢你，但是你这样我也不会开心的！”小馨又急又气地对我提出了抗议。

“小馨，你不要再说了，我决定的事情不会改变！你好好安心念书就对了！”我像是下命令似的，结束了这场没有调整空间的讨论。

“哥……”

小馨还想说些什么，我却霸道地站起来转身离开，阻止了她还想发言的权利。

客厅里顿时无声，冰冷的空气里夹杂着小馨愤怒但无奈的心情，还有我说不出的苦闷，却不得不继续硬着头皮前进的五味杂陈。

小馨说得没错，她了解我的不甘心，只是我硬要扛着没有人给我的“无形包袱”，扮演着自以为的“严父”形象，希望小馨能照着我的方式往前走，因为那是我认为自己唯一能为妹妹做的。

只是，我付出的或许早已超过自己所能负荷的，每当看到和我同年龄的同学可以过着无忧的生活，我还是会不小心流露出欣羡的神情。但大部分的时间，它都被我隐藏得很好。

这样的压力一点一点啃噬着我，吞掉了原本快乐无忧的我，它使我用极权方式来对待我周遭的人，因为我害怕再把主导权交给别人，而我现在没有力气再去承受任何我不想要的人生。

可是这样的方式在我和小馨之间画上了一条线，有了隔阂，我只是拼命地给，却拒绝她想要给我的任何关怀与温暖。因为我不想要再失去，所以宁可成为付出爱的人，而不要成为依赖别人的爱的人。一旦失去后，那会很疼。

* * *

哥，冰箱里我帮你留了饭菜，回家后记得热来吃，我上课了。——小馨。

我满不在意地把桌上的纸条揉碎，丢在墙角的垃圾桶里，可惜，没中！纸团碰到了垃圾桶边框，掉在了地上。

我懒得把它捡回桶里，因为周围都是乱丢的物品，也不差这一张毫不起眼、没有分量的小纸条。

在我眼里，小馨的叮咛与关心变成是多余的台词，因为那对我的人生根本起不了作用，无法改变我回不来的命运。

我知道变成现在的样子都是我一手主导造成，根本不是别人的决定，但是不知道为什么，看着小馨正过着我无法完成的大学生活，心里最深处像是有根刺一般，常常会刺痛我，提醒着每天忙碌得像工蚁般的我过得有多么卑微、多么不快乐。

我把这样怨怼的情绪全都不负责任地推给了小馨，好像我没有办法过着顺利幸福的人生都是她害的，这是一种最便利、最省事的为自己找借口的方法。

我的冷漠和逃避不知不觉在我和小馨之间筑起了一道城墙，于是我们不再说话，也没有话可以说，纸条便成了彼此之间交谈的工具。更正确来说，是小馨用来和我说话的工具。

有时候，在她上课时我望着空无一人的房间，看着她的床头还摆着小时候一家人快乐合照的照片，心里会浮现出一股酸楚，不停反问自己："熊智尧，你到底在干吗？这就是你一手组建出来的家吗？你还要这样下去多久？你这个混蛋！"

我相信，那是我心里最真实的声音。

如果我真的对现在的生活完全妥协，完全对现在的自己认输，那么为什么我还会有悲伤？为什么还会对自己生气？

我想，我只是在自己一手搞出来的失控生活中拼命垂死挣扎，不知该如何善后而已。

从冰箱里拿出几罐啤酒，拉开拉环后猛地连灌完两瓶，像是想借着冰凉的酒精浇熄心里的烦闷。再打开一瓶，我带着冲上来的微醺酒意，重重地躺向了沙发。

没想到，有一天我居然也步上了我最痛恨的亲生父亲的后尘，需要靠着酒精才能生活，这对我来说真的是一个最大的讽刺。我只希望…… 我不要成为像他那样的人，成为把自己的痛苦建立在别人身上的人。

但是，往往愈害怕的事就愈会发生，某个炙热的夜晚，竟然发生了一件让我感到相当心寒的事。

像往常一样，准备上大夜班的我，在白天的工作到傍晚告一段落回到家后就简单梳洗，喝了一点酒，躺在沙发上补眠睡觉。

或许是身体有点不舒服，也或者是酒喝得有点多，总之，醒来时昏昏沉沉，感到头痛欲裂，我在沙发上辗转反侧，赖着不想起身，却又找不到一个舒适的姿势可以继续窝着。正感到体内酝酿的怒火快要炸开时，钥匙转动门孔的声音等同于点燃炸弹引信的动作，我将所有的怒气全部一股脑冲向了刚进门的小馨，一个人生被我拖累到不行的倒霉鬼。

"喂…… 先不跟你说了…… 我哥在家，好啦、好啦…… 先挂……"小馨放低音量讲电话，而且匆匆忙忙挂线，低头想要走回自己的房里。

“你站住！怎么了？我在家打扰到你了是吗？有这么急着想要躲开讨厌的我，回房里去……不想看到我？”我扯开嗓子吼着。

“哥，不是那样，你不要乱想！你该准备上班了……”

小馨闪躲着我的眼神，让我极度不爽，看见她急欲回房的样子，瞬间一股无名火燃起，我摇晃着勉强起身，抓起桌上的烟灰缸就往她前面砸过去。

她被我突如其来的举动吓了一跳，说实话，我也被自己鲁莽的举动给吓傻了。微怔了一下，我选择用咆哮来掩饰自己的羞愧。

“我到底辛辛苦苦在干什么？让你完成学业，不会输给其他同学，你竟然这样对我？躲着我？瞧不起我？我的学历跟工作都让你觉得很丢脸是吗？你不要太自以为是了，熊怡馨！”

眼泪大颗大颗地从小馨的脸庞滴落在地上，她握紧的拳头与颤抖的肩膀，说明着她的惊吓与害怕。

“哥！你到底为什么会变成这样子？我曾经那么喜欢你、依赖你，有你在我就什么都不怕，但是你变得像魔鬼一样……谁可以把我哥哥还给我！”

小馨哭着跑出去，重重关上的门把我从错愕中拉回神，我踉跄不稳地扶着椅子，用力往门外大喊：“小馨，熊怡馨！你给我回来！熊怡馨！”

门外静悄悄的，没有半点动静。小馨真的生气了？她真的要离开这个家？她讨厌我了吗？一连串的问号快速闪过我的脑海，但是仍改变不了小馨已经离开的事实。

我无力地又跌回沙发上，把头沉沉地埋进双手中，懊恼不已。除了懊恼自己刚刚像中了邪似的无礼举动，也为根本不知道该上哪去找她而懊悔。

我对小馨的生活一无所知，我……根本不知道她有哪些朋友，她到底都在过什么样的日子……

往事就像电影般一幕幕倒带，从小时候跟小馨玩在一起追逐嬉戏的模样，一起上学、放学，瞒着妈妈带小馨去商店偷买零食吃的场景，以及跟爸爸、妈妈快乐出游的幸福身影……一直到爸妈车祸现场，小馨紧紧抱着我，我还安慰她不要害怕，我会保护她的誓言……直到刺眼的太阳光透进客厅照映在我的脸上，我才意识到天已经亮了。

小馨一夜没回来，她能去哪里？该不会出什么意外吧？我心里浮现出各种不祥的预兆，各种恐惧画面向我袭击而来，我再也不敢继续想象，随手抓了件衣服套上便往外寻找小馨的踪影。

我从家附近的巷子、网吧、便宜旅馆，一路找到学校。所有年轻人会去的地方都找遍了，就是没有小馨的踪影，我只能拖着疲累的身体打算回家等待，或许……在我回家的时候，小馨已经在家了也说不定，说不定她已经气消原谅我了。如果小馨真的在家的话，我一定要好好跟她道歉忏悔，也一定会重新改变自己、重新过生活，跟小馨一起回到以前快乐的日子。

我一路狂奔回家，打开门的第一时间忍不住叫道："小馨，我回来了！"

客厅里一片寂静，跟昨天晚上一模一样，毫无任何改变。我的希望瞬间从天堂跌入地狱，全都幻灭。我想到小馨也曾经怀抱着这样的期望，希望我能够变回她最亲爱的哥哥，却一次又一次地失望，这种期待落空的感觉原来竟是这么令人难受！而我却带给小馨这样的伤害，我的心好痛好痛，无法原谅自己。

墙上的钟指着七点。"小馨应该……等下就回来了吧……"我怀抱最后一丝希望，等着小馨回来接受我的道歉。

等待的时间一分一秒都让人觉得难熬，正当我在客厅里踱步、焦躁不安时，门外传来"叮咚"声，我用飞快的速度飞奔过去开门，希望那是我一直在等的期盼。

"大哥，生日快乐！"门口一个帅气的男生抱着一台计算机主机，用着有点喘但却热情的口吻对我大喊着。

"你是？"我一脸疑惑地问着眼前的男生。

"我叫小武，是……小馨的男朋友……她约我今天来家里帮大哥过生日，而且我们还一起买了大哥的生日礼物哦！"男生腼腆地介绍自己，还不忘得意地扬扬手秀出生日礼物。

"大哥……我可以先进去吗？这……有一点重……"看我没有反应，小武不好意思地主动开口问我。

"嗯……进来吧。"我示意他先进来，我也有一些关于小馨的问题想要问他。

我倒了杯水给他后，不等他喘口气，就急着问道：“你说你是小馨的男朋友，你们交往多久了？”

“我们在一起两年了，从大一开始就认识了，我们是同社团的……咦？大哥，小馨不在吗？我们约好了啊？奇怪……”小武东张西望地问着。

“她……等下应该就回来了吧……”我低下头不敢看小武的眼光，也不想让他看见我眼眶的泪，“其实……我昨天跟小馨吵架了，所以她大概在生我的气吧。”

“哦，大哥，你不要骂小馨好吗？其实小馨真的很敬爱你，这两年我听她说了不少你们家的事……她很心疼你，你看，这台计算机就是她省吃俭用，打工存钱买给你的生日礼物，她存了好久哦……我看她这样都不忍心，想说跟她一起送好了，帮她分担一些……等会拆礼物你就会看到，我们秘密准备了好久哦！呵呵，你一定会很喜欢的！昨天我们还通电话确认今天要怎么帮大哥过生日，想要给你惊喜……”

小武像是帮小馨说情，又像是想打破我一直沉默不语的尴尬，他滔滔不绝地自顾自说着。

“昨天？所以昨天在跟小馨通电话的就是你，你们在策划我的生日细节？”我恍然大悟，我真的是被自己莫名的自卑给害死了。

“对啊……怎么了吗？”小武一副摸不着头绪的样子。

我的泪再也忍不住掉了下来。很久以前，我曾经在小馨房间的笔记本上，偷翻到她写着想要计算机的生日愿望，她其实也很想要一台计算机，可是为了怕给我负担跟压力，始终没有对我提起这件事。

可是，她没有时间先完成自己的愿望，反而存钱买一台计算机送我。我知道她是想要借着计算机让我对很多事情产生兴趣，不要每天活在自怨自艾中，拉我出来透透气，再透过自学慢慢回到正常生活……这些都是她为我做的、她爱我的方式。

反观我爱她的方式，我虽然也有想买计算机送她的打算，但还没来得及实现，就发生了这么遗憾的误会……我这算什么样的哥哥？不但没有保护她还这样伤害她！我怎么对爱我们的爸爸妈妈交代！

我的啜泣吓坏了小武，正当客厅的气氛低落到不行的时候，门口又传来了“叮咚”的门铃声。

我跟小武几乎是同一时间飞奔到门口，抢着看门外按铃的人是谁。

“请问熊怡馨的家人在吗？”门口站了两名警察。

“我就是……我是她哥哥。请问……发生了什么事吗？”我一颗心紧张到快要跳出了喉咙，我好害怕会听到可怕的消息。

“熊怡馨昨天车祸被人送进了医院，我们一直联络不上她的家人，所以现在才上门来看一下状况。”

“车祸？小馨很严重吗？她人现在怎么样？”我脑中一片空白，紧张地一直拉着警察问着。

“她已经没事了，人已经清醒了，只是脚骨折，还需要住院几天。”

“这样啊……太好了……人没事就好！谢谢警察先生，谢谢你们，我今天生日，这是最好的生日礼物，没事就好……呵……我马上过去找她……”我语无伦次地说着道谢的话，更开心地给了小武一个大大的拥抱。

但我说的是真的，能听到小馨平安的消息，对我来讲就是最好的生日礼物了。

* * *

病房里，小馨睡得正香甜，我看着她睡觉的可爱模样，忍不住也跟着笑了出来。在我拉开窗帘的那一刹那，小馨被刺眼的光线照得睁开了眼。

“小懒猪，起床吃东西了啦！不要再睡了，再睡等你出院会变成一只大胖猪！”我故意逗着小馨。

“才不会呢！你少诅咒我！”小馨皱了皱鼻头，不服气地说。

看着我帮她带来的蛋糕，小馨开心地叫着：“哇！这是我最爱吃的草莓夹心啊！哥你还记得哦！”

“对啊！我还记得，其实我……一直没忘记。对不起，小馨，我回来了，以前的熊智尧回来了！”

“哥……”小馨感动得哭了，但是，她脸上却挂着最满足的笑容。

那是我久违的笑脸，我不想再失去了。

那天下午，我陪着小馨在病房里聊着一切，她的想法、我的想法，以前、未来，无所不聊。

我们开心地笑着，在窗外蓝天白云伴随着清风的见证下，回到了没有隔阂、一样快乐的从前。